500 Selected Haiku

Kai Hasegawa

長谷川櫂 自選五〇〇句

朔出版

長谷川櫂　自選五〇〇句

目次

装幀　水戸部 功

長谷川櫂　自選五〇〇句

『古志』抄

一九八五年（昭和六十年）刊

I

折りて来し椿とりだす麻袋

春の水とは濡れてゐるみづのこと

かげろひ易きやう石組まれけり

春の月大輪にして一重なる

花過ぎの朝のみづうみ見に行かん

涼しさや花橘を皿の上

芍薬をぶつきらぼうに提げて来し

口ぎうを金粉にして落椿

はくれんの花に打ち身のありしあと

南薫と看板黒し柿若葉

南薫は肥後　隈庄(くまのしょう)の今はなき酒

忍冬の花の空まで夕焼けて

邯鄲の冷たき脚を思ふべし

Ⅱ

冬深し柱の中の濤の音

雪の港かすかにきしみゐたりけり

雪空に吸はれてはまた海の音

雪の渦鴉の渦となりゆくも

大雪の岸ともりたる信濃川

いつぽんの冬木に待たれゐると思へ

雪解風鉢に揺らるる何何ぞ

西脇順三郎逝く。翌日、偶々小千谷にありて

じゆんさいの沈む日ぐれや壜の底

深山蝶飛ぶは空気の燃ゆるなり

葛の花夜汽車の床に落ちてゐし

大榾火したたる水のごときかな

冬の波退くは鉄鎖の響きかな

古志ふかくこし大雪（たいせつ）の雪菜粥

鷹消えて破れしままの雪の空

雪雲や箱に坐れる若菜売

雪の夜の新妻といふ一大事

藁屋根のどこに根のある大氷柱
ながく深く白き息して身ごもれる
雪女郎雪間の水の音となり
地下街も海も混沌春の雪
傘さして吾子を身籠る雪の果

花曇水田の底の足の跡

砂山をおりゆきし春の日傘かな

Ⅲ

松提げて子ら乗り来たる吹雪かな

きりもなく雪の降り込む淵幽し

吹雪く夜の橋思はれてしばし寝ねず

まばゆくてみな黙しゆく雪の国

地吹雪や曲りて並ぶ大氷柱

その中に涙のごとき氷柱ある

雪塊より家掘り出しぬ五六人

Ⅳ

遅き日や人あらはるる草の原

捉へがたき女の身幅ころもがへ

秋立つと露に溺るる何の花

鵜の揺らし鵜の揺れてゐる枯木かな

花屑か花過ぎの陽か掃き寄せて

大佛次郎記念館

遺影とは硯に映る柳かな

鯉のぼり目玉ひらたく畳まる

山越にほのと鎌倉花火かな

遊行寺一つ火

あああと大きく暗き冬燈籠

裏山は籬に囲ふ春の雪

紅梅や咲き満ちて垣根弛びたる

桜餅夕暮山のごときもの

『天球』抄

一九九二年（平成四年）刊

I

目を入るるとき痛からん雛の顔

家中の硝子戸の鳴る椿かな

赤ん坊の掌の中からも桃の花

はくれんの花ゐがかんと左手に

Ⅱ

解けかかる蕾がひとつ牡丹苗

夏めくやひそかなものに鹿の足

シトロエン乗りつけてある日除かな

白絣着て思想家のごとくをり

運ばるる氷の音の夏料理

金堂を密閉したる旱かな

Ⅲ

遠州の造つて捨てし秋の庭

うちそとを秋風走る鏡かな

Ⅳ

雪となる雨足にもう音のなき

能登、上時国家

この家の寒きところに大きな箕

寒禽の嘴をひらきて声のなき

張りたての強き力の障子かな

V

和布刈竿天につかへんばかりなり

からつぽのにほへる桜餅の箱

花びらの流るる音や貴船川

目の上に足そよぎつつ桜烏賊

Ⅵ

つかまへて子供を洗ふ夏木立

だぶだぶの皮のなかなる蟇

葉先より指に梳きとる蛍かな

短夜の雨ばらばらと百合畑

蛇の胸瓢の花を擦りゆきぬ

無思想の肉が水着をはみ出せる

Ⅷ

獣の股間の乳房秋暑かな

Ⅸ

山いまも霞の中をさまよへる

交通事故

春昼の死の手より子を奪ひ取る

ひとつづつ冷たく重く蚕かな

X

牡丹の花砕けゐし机かな

白牡丹ひらきかかりて暮れてをり

梅雨の傘たためば水の抜け落つる

はるかなる顔を思へば蟇

鮎鮓の馴れあふころを月暗く

一つ葉や雨垂れ高きところより

にがにがしきは苦瓜の故ならず

XI

湖の秋日に焼ける蜆採
舞茸にのつて光れる水の玉

Ⅻ

金閣寺なにを言ひても息白く

畳まれてひたと吸ひつく屏風かな

灯のいろを踏めば氷や鬼やらひ

夏の闇鶴を抱へてゆくごとく

（句集未収録）

『果実』抄

一九九六年（平成八年）刊

西国篇

粽解く葭の葉ずれの音させて

寝ころんで何の思案か青嵐

丹後へと行く道のある花柚かな

高田正子さん

身ふたつとなりて安けし夏帽子

秋風や切つて売られし古今集

揺り椅子のひとりで揺るる寒さかな

詩仙堂より飛んで来し花の塵

降ろされて畳こはがる仔猫かな

柿若葉豆腐ふれあふ水の中

菩提樹や灼けて大地のかぐはしき

一丁の櫓で漕ぐ舟の涼しさよ

穴子裂く大吟醸は冷やしあり

その中に蛾のをどりをる切子かな

阪神淡路大震災

水仙の花や莟や地震ふるふ

東国篇

妻子ゐるこころまほろばや桃の花

老杜甫は髪すり切れし籠枕

籠枕あたたまのそばにころがれり

きのふ秋立ちたる家のしづかさよ

伐り出して七夕竹としたりけり

小鳥来る頃のひびきを長良川

胸中にある磊（らい）塊（かい）へ新酒かな

鬼の来て刀を打てる秋の暮

柚子湯よりそのまま父の懐へ

目刺より藁しべを抜く春の雪

湯に立ちて赤子あゆめり山桜

新婚のころの花柚の香と思ふ

セザンヌの水浴の図へ昼寝覚

『蓬萊』抄

二〇〇〇年（平成十二年）刊

I

大阪の遊びはじめや宵戎

すき焼や浄瑠璃をみて泣いてきて

たつぷりと真水を抱きてしづもれる昏き器を近江と言へり　河野裕子

淡海といふ大いなる雪間あり

金沢兼六園

紅梅や日和の影を雪の上

陽炎を出て陽炎へ移り住む

Ⅱ

湖国は舟で見にゆく山桜

花びらや生れきてまだ名をもたず

枝垂れゐて花の擦れあふ音すなり

洛中の屋根ことごとく花の塵

あすよりは妻のほとりや桜餅

Ⅳ

鉾の中の長刀鉾や立ちにけり

長刀鉾ぐらりと揺れて動き出づ

生れきてこの世に十日天瓜粉

Ⅴ

五千冊売つて涼しき書斎かな

天の川ひとの命とかかはらず

Ⅵ

艪の音のしづかな秋となりにけり

鎌倉を後ろへ回し鱸舟

Ⅶ

衣被李白を憶ふ杜甫の詩

おのづから裂けはじめたる芭蕉かな

軽くなる俳諧あはれ鬼貫忌

湯豆腐や黒き土鍋のすゑごころ

Ⅷ

木枯や空也の口の中を吹く

山眠るごとくにありぬ黒茶碗

梵鐘をくすぐるごとし煤払

Ⅸ

かげろうて駱駝の瘤の乗りごころ

『虚空』抄

二〇〇二年（平成十四年）刊

I

春の月大阪のこと京のこと

祖母死去

銀懐炉まだなきがらの懐に

II

飴山實死去

籐寝椅子その俤のよこたはる

水にさす影切り分けて水羊羹

音たててこの世揺れをり氷水

生き死にを俳諧の種籠枕

籐寝椅子瞑想録をかたはらに

ニューヨーク

摩天楼の頂に秋来てゐたり

岳父死去

夏草や死はことごとく奪ひ去る

みなし子に妻はなりけり鳳仙花

悲しさの底踏み抜いて昼寝かな

Ⅲ

乾坤に水打つ秋の初めかな

朝顔や一輪風にくつがへる

新涼やはらりと取れし本の帯

桔梗や死に一言の暇なし

馬追の捨ててゆきたる足ならん

Ⅳ

湯浴みして望の月まつ赤子かな

秋の夜のまだまだ深みゆくらしく

眠りゐる山に入りゆく径(こみち)あり

外套に荒ぶる魂を包みゆく

V

二〇〇一年

千年をまた一つより始めけり

山が山を恋せし昔初霞

のぞきこむ花の奈落や吉野建

バーミヤン石仏

億万の春塵となり大仏

春の塵からくれなゐのまじりけり

Ⅵ

やはらかに人を否める団扇かな

へうたんの花を打つ雨抜ける雨

Ⅶ

父死去

ありし人そこにあらざり籠枕

Ⅷ

目の穴を水流るるや鮭の骸（から）

鮭の骸なほ幽かにも息しをり

夢殿を出でていづこへ秋の道

西行

息白く歌のことまた弓のこと

夕暮の道のゆきつく炬燵かな

IX

玉を振る少年に獅子甘えつつ

初霞大仏殿を浮べたる

『松島』抄

二〇〇五年（平成十七年）刊

吉野 一

花の上に浮ぶや花の吉野山

天地をわが宿にして桜かな

吉野 二

揺りゆれて花揺りこぼす桜かな

この山の花より白し吉野葛

淡海

浪乃音は堅田の酒

蓬莱や酒は淡海の浪の音

天地も一つ歳とり初諸子

鮒鮓を食うて近江の人となり

湖の秋を落ちゆく舟一つ

吉野　三

このあたり故郷に似たる桜かな

昼風呂に女あそべる桜かな

糸ざくら花から花のこぼれけり

松島

みちのくに白き山あり大旦

瑞巌寺

黄金の襖に孔雀夏深し

蝦蛄といふ禍々しくて旨きもの

秋潮の削り削るやあきつしま

雁や太陽がゆき月がゆき
ほのと香の椀の中なる秋の暮
わだつみの淋しらの牡蠣びつしりと
白き山また白き山春の旅
しほがまは幽かに花の味したり

『初雁』抄

二〇〇六年（平成十八年）刊

二〇〇二年

湖を一国とせり山桜

半椀はお茶漬にせん蜆飯

唐土（もろこし）の国のかけらの降りしきる

桂離宮

空間を縦横に切り風薫る

牡丹の花大風に飛ばんとす

金沢、慶覚寺

涼しさは天人の舞ふ風ならん

飴山實夫人

白団扇母ならねども縁かな

翁さび嫗さびたり早苗取

長刀鉾扇の風に廻りけり

夏空をゑぐりて阿蘇の火口ある

八代の春宵寺花屑和尚、享年九十五

魂のさらりと抜けし浴衣かな

いつしかに手になかかりける団扇かな

天の川この世の果に旅寝して

月光の固まりならん冷し物

伊藤一彦さん

千年の旧知のごとし秋の酒

熊本高校で講演

夢今もラグビーボール青の中

『リチャード三世』

馬を呼ぶ声さすらへる枯野かな

我一人幻一人冬ごもり

大年の梵鐘を音揺らぎ出づ

二〇〇三年

およそ天下に敵ふものなき破魔矢かな

牛に乗る老子とこしへ粥柱

こはだから握つてもらふ春の雪

水の色すいと裂いたるさよりかな

猫の子に生れたるともまだ知らず

太郎とは男のよき名柏餅

したたかに墨を含める牡丹かな

生涯を浚(さら)はれてゐる浴衣かな

惜しみなく妻となりたる浴衣かな

風鈴を鳴らして風は帰り来ず

一つ葉はものはじめの姿かな

さて句作りは
撫子を斧もて削るごとくせよ

二〇〇四年

初山河一句を以つて打ち開く

うたた寝に誰が掛けくれし春着かな

紅梅やすぐ開けてみる菓子の箱

望の月呑みたる真鯉包丁す

棒鮓の鯖生きてあり今日の月

これよりの夜寒朝寒味噌の味

中越地震

はるかより大地揺りくる夜寒かな

『新年』抄

二〇〇九年（平成二十一年）刊

二〇〇五年

ずたずたの大地に我ら去年今年

暁の闇黒々と富士新た

蛇となり蓮華となりて鳥交(つる)む

父母に愛されしこと柏餅

この国に新茶を贈るよき習ひ

億万年ねむしねむしと牛蛙

黴といふもののかそけき音の中

加賀は一向宗の国

炎天や兜の上の阿弥陀仏

桐一葉又一葉又一葉哉

見覚えの蠅虎（はえとりぐも）と冬ごもり

雪空を駆けめぐるべく橇はあり

二〇〇六年

餅ふくる崑崙山も天山も

風邪の喉からくれなゐを大事かな

風花や一生（ひとよ）をかけて守る人

東京大空襲

かの夜かの炎の海を隅田川

蘭鋳の黒ひとひらやけさの秋

九月から事始むるもよかるべし

眠りゐてときをり山は動くらん

二〇〇七年

雛あられ薔薇の莟のごときあり

名も知らぬ国のごとくに茂りけり

かなかなと鳴きかなかなと返しけり

　落柿舎

蓑一つ主を待てり秋の暮

『富士』抄

二〇〇九年（平成二十一年）刊

一

天上を吹く春風に富士はあり
雲もまた生々流転秋に入る
双六や真白き富士の裾とほる
ごつとある富士こそよけれ更衣

まばたいて玉のごとしや蟇

月はまだその辺にあり明け急ぐ

籐椅子にゐて草深き思ひあり

秋かるきもののはじめの団扇かな

二

富士一つ影ながながと秋の暮

花はみな冬の鷗となりて飛ぶ

煮凝やわだつみの塵しづもれる

三

春眠や五つの欲のすこやかに

明易や眠りて花のやうな人

みもしらぬ大空のもと昼寝覚

太陽と月の間に富士涼し

蚊柱をみてゐて長き旅にあり

乾坤のぐらりと回り秋に入る

四

金屛や稲妻のごと折れ曲がり

ひととせの花の初めや花びら餅

星一つ白く大きく冷し酒

『鶯』抄

二〇一一年（平成二十三年）刊

一

龍の目をのぞくがごとく初鏡

二

爽やかに俳諧に門なかりけり

三

白山の雪一掻きや蕪鮓

とこしへの牛の歩みを今年より

プリズムは菫の花を分解す

四

草笛のはるかに我を呼びゐたり

汗の引くまでをしづかに汗の中

五

黒々とあるべきものに土用餅

風鈴もまだ眠れずにゐるらしく

青いちじく国は敗れてありしかな

戦場や毛布のなかに赤ん坊

六

かぐはしき枯葉のごとく言葉あれ

川崎展宏

熱燗やガサツな奴が大嫌ひ

節分や鬼のかぶれる人の面

七

金色の泥はねまはる蛙かな
夜うるはし闇うるはしと鳴く蛙

八

田植笠出雲崎への道問はん

よき米となれ一望の青田風

牛蛙ぼわんぼわんと恋の歌

蟻地獄人の地獄のかたはらに

飛びまはる一匹の蠅黙殺す

ありし日のままそこにある団扇かな

大仏の煮ゆるがごとき大暑かな

ずたずたと切つて涼しき一句あり

九

冷やかな刃の人と対しけり

石叩叩きしところ氷りけり

シェパードのマイト死去

幻の犬かたはらに冬ごもり

柚子ゆれて女ゆらめく湯舟かな

『震災句集』抄

二〇一二年（平成二十四年）刊

一

正月の来る道のある渚かな

燎原の野火かとみれば気仙沼

二

幾万の雛わだつみを漂へる

水(み)漬(づ)く屍(かばね)草(くさ)生(む)す屍春山河

三

焼け焦げの原発ならぶ彼岸かな

放射能浴びつつ薔薇の芽は動く

春の灯の哀しむごとく停電す

四

みちのくの山河慟哭初桜

マスクして原発の塵花の塵

五

ずたずたの心で春を惜しみけり

六

いくたびも揺るる大地に田植かな

滅びゆく国のかたみの団扇かな

七

雲の峰みちのくに立つ幾柱

初盆や帰る家なき魂幾万

迎へ火や海の底ゆく死者の列

桐一葉さてこの国をどうするか

八

みちのくをみてきし月をけふの月

はるかなる海の果てより帰り花

怖ろしきものを見てゐる兎の目

からからと鬼の笑へる寒さかな

九

瑞巌寺黄金の冬深みけり

みちのくや氷の闇に鳴く千鳥

億年の時間の殻に牡蠣眠る

鬼やらひ手負ひの鬼の恐ろしき

『唐津』抄

二〇一二年（平成二十四年）刊

吉野一

花びらの空に遊びて降りて来ず
へうたんの形の春の愁ひあり
咲く花も散りゆく花もすべて如意
ある僧の花と遊びし庵かな

近江

比叡山

ただ山といへばこの山けふの月

富士 二

伊豆山

海原に揺れゐる舟も花の塵

太陽と月さながらに朝寝かな

紫陽花や水のごとくに咲きそろふ

富士かつと火口をひらく涼夜かな

我すでにそこにはあらず籠枕

唐津

風よりも真白き貝を拾ひけり

打ち上げて海亀の殻秋の風

束ねたる柴ちらほらと返り花

老松のほろとこぼせし松露かな

古き世の詩のごとくに松露かな

桃の花ごつと山ある唐津かな

吉野　二

ゆきゆきて桜の奥も桜かな

吉野温泉元湯

この宿を降り埋めんと散る桜

山辛夷蕾をわつて咲きそろふ

花房は花の乳房か小鳥吸ふ

櫻花壇

百畳の間の一畳に朝寝かな

ひとひらの花びらねむる畳かな

曼荼羅の奥にかがやく春日あり

片肌をぬいで仏弟子花吹雪

また一人花の奈落に呑まれけり

『柏餅』抄

二〇一三年（平成二十五年）刊

一

海老蔵の切つた張つたや花の春

生涯のたけなはにして春の炉に

二

清明の雨に打たるる桃その他

三

雲の峰かすかに揺れてゐたりけり

灯取虫大きな影の躍りゐる

土用鰻この世の香りよかりけり

句をよみに七日に来たれ土用波

四

佐々木まき句集『ラ・フランス』

ラ・フランスさらば自由の人であれ

望月のごとき栗あり栗羊羹

熱燗の力を借りて意見とや

五

衛星に当つて返る初電話

鼻の穴むんずむんずと獅子頭

松三日すでに生殺すさまじき

思ふままゆけといはれし龍太の忌

安達太良山笑ふにあらず哭きゐたり

六

薔薇の力薔薇の莟を押し開く

七

回想の中に籐椅子一つ置く

九州を沈めて梅雨の上りけり

金魚売思ひ出の道はるかより

八

矢に鏃句に切字ある涼しさよ

白日傘その人の名は忘れけり

炎天の塵つもりてや浅間山

道をしへここまでくればついてこず

大空はきのふの虹を記憶せず

八月十五日、丸山眞男忌

不屈なる思想不屈の浴衣かな

九

丸谷才一死去

凩や旧仮名でいふさやうなら

#『吉野』抄

二〇一四年（平成二十六年）刊

伊豆山、蓬萊

群青に切りこんでゆくヨットあり

わが心梅雨の荒磯をさすらへり

月蝕の黒き球体明け急ぐ

黒富士や炎と燃ゆる空の奥

揺れながらこの世暮れゆく冷し酒

籐椅子や秋の緑のただ中に

短冊は白ひといろや星の竹

葉をたたみ七夕竹は眠りけり

白桃や海で溺れし話せん

稲妻は布団の中を走りけり

外されて花びらとなる百合根かな

砕けては花びらとなる椿かな

春の夜や太鼓のごとく波の音

吉野山、櫻花壇

雲の峰空のまほらに並び立つ
この宿の花の朝寝を忘れめや
そののちの我らはしらず桜かな

『沖縄』抄

二〇一五年（平成二十七年）刊

沖縄

忽然と戦闘機ある夏野かな

まんた泳ぐ太平洋の明易し

さみだれの島さみだれの海の上

はるかなる記憶の蟬の鳴きゐたり

鉄の雨降る戦場へ昼寝覚

飛びめぐる黒き炎の揚羽かな

夏草やかつて人間たりし土

亡骸や口の中まで青芒

アメリカを父日本を母大夕焼

人魚らの歌聞きにこよ土用波

玉砕の女らはみな千鳥かな

旅の神かでなかでなと嘆きつつ

夏の死

絶叫の口ひらきたる目刺かな

人類の手のいくたびも種浸す

妻が読む孫子兵法桃の花

蟬の穴ばかりの国となり果てつ

瞑想を横切つてゆくヨットあり

けさ夏が死んだと風がささやきぬ

壊れゆく国はかなかなかなかなと

みちのくのもうなき村の除夜の鐘

アラン島へ行かんと思ふ海鼠かな

冬波はみな荒海の娘かな

火車

銀河系宇宙の独楽の回るなり

ごまめ噛むこの世を深く愛すべく

人類の冬の思想の深みゆく

少しづつとどのふ春のうれしさよ

香ぐはしき肉体として薔薇はあり

象の背に揺りて運びし新茶かな

雲の峰故郷の空に収まらず

息すれば火を呑むごとき暑さかな

魂の銀となるまで冷し酒

葦笛は夏の巨人を呼ぶごとし

『九月』抄

二〇一八年（平成三十年）刊

Ⅰ

幸せになれよと一つ花びら餅

ヴァレリーは白き牡丹の花ならむ

花びらのかるさと思ふ団扇かな

回想の夏は木もれ日ばかりかな

空深く秋は眼をひらきけり

白桃にしんと真昼の山河あり

白桃の金を含める白さかな

Ⅱ

春風とたたかふ白きヨットあり

真白な羽をたたみて薔薇眠る

逆さまの南半球雲の峰

Ⅲ

恐るべき神の双六世界地図

花見舟空に浮かべん吉野かな

花と花吸ひあふごとく蔓交（つる）む

滴りや一滴きえてまた一滴

とこしへの命ならねど土用餅

網棚にきのふの夏を忘れけり

Ⅳ

花びらの力ほどけよ花びら餅

福島三春、瀧桜

何もかも奪はれてゐる桜かな

まつしろな春のかたまり兎の子

鬼の目のころがつてゐる椿かな

もう一度妻に恋せん桜餅

人類の肌ひやひやと朝寝かな

貝がらの一個の夏の美しく

一夏で少年となる眩しさよ

真白の花の中から昼寝覚

故郷といふ幻想へ帰省かな

荒涼となるほかはなし秋の酒

長き夜の本の中より帰りけり

次の世は二人でやらん鯛焼屋

V

白もまたうすれてあはれ桜菓子

花に酌む鬼一匹やむかう向き

へうたんの中は荒海花の酒

花みちてあたりまばゆき朧かな

汝おぼろ我もおぼろや寝るとせん

Ⅵ

湖西坂本、西教寺

鶴の間に鶴の遊べる月夜かな

襖より鶴歩み出よ月の庭

月光の羽さはさはと鶴歩む

望月は己が光の中にあり

月光の瀧に打たるる巨人あり

Ⅶ

きのふ来てけふ初花の唐津かな

淀君の帰るとすねし桜かな

初花や妻がひいきの光海君（カンヘグン）

春愁の白き怒濤の立ち上がる

一鬼去り一鬼来たれり秋の暮

唐津、矢野直人さんの殿山窯

火の奥に茶碗の揺れて山眠る

夢の世に一節氷る茶杓かな

枯れ枯れて大いなるかな井戸茶碗

『太陽の門』抄

二〇二一年（令和三年）刊

I

初富士の圧倒的な白さこそ

皮膚癌

死の種子の一つほぐるる朝寝かな

山一つ篩(ふるい)にかけて花ふぶき

西行の年まではと思ふ桜かな

筍や夢窓国師の夢の中

さみだれや人体青く発光す

PET検査

いまひらく百合の射程に我はあり

摘出の一太刀浴びつ昼寝覚

森閑とわが身に一つ蟻地獄

Ⅱ

もの一つその音一つけさの秋

八月の真ん中で泣く赤ん坊

秋立つやけさ一望の浅間山

浅間山空のはるかへ秋の道

白桃や命はるかと思ひしに

病巣は柘榴裂けたるごとくあり

金沢、鈴木大拙館

方形の石方形の秋の水

チェーホフ

美しきオルガのための秋の歌

妻とゐる日々が花野としらざりき

さまざまの月みてきしがけふの月

鬼の口縫うてすさまじ手術痕

外套は人間のごと吊られけり

鎌倉や海わたりくる除夜の鐘

大宇宙の沈黙をきく冬木あり

Ⅲ

青空の冷たさならん花びら餅

鉾とけて涼しき風となりにけり

ひるがへり水に隠るる金魚かな

Ⅳ

その中の光のもるる胡桃かな

生淡々死又淡々冬木立

Ⅴ

一歳の小さき君へ初電話

天地微動一輪の梅ひらくとき

はくれんは己忘じてひらきけり

春光の大塊として富士はあり

富士山のどこを切つても春の水

我もまた森閑たるや蜃気楼

夏富士や大空高く沈黙す

Ⅵ

雲の峰みしと軋みて天動く

虹忽と無意識にして美しき

心まで藍しみわたる浴衣かな

南無金剛病魔退散白団扇

妻こよひ人魚となりて夕涼み

青空のはるかに夏の墓標たつ

寸々(ずたずた)と刻まるる身を秋の風

湯豆腐や天下無双の水の味

福島をかの日見捨てき雪へ雪

Ⅶ

広島

夏空の天使ピカリと炸裂す

アメリカの男根そびゆキノコ雲

熱風や眼ひらけば全身火

夏草といふ夏草の沈黙す

炎天や死者の点呼のはじまりぬ

物体や焼けて爛れて冷まじき

赤黒き塊が赤子雪降り降れ

冬されや記憶なくせし釦一つ

荊冠の原爆ドーム氷りけり

沖縄

秋風や命を分けし洞(がま)二つ

暗闇の目がみな生きて夜の秋

生きながら蛆に食はるる老女かな

子の髑髏母の髑髏と草茂る

赤ん坊は骨も残らず草茂る

戦争の刻まれてゐる裸かな

妻一人守りえざりし裸かな

血を飲みし海青々と沖縄忌

紅や炎天深く裂けゐたり

戦争を嗤ふ無数の蛆清らか

薔薇色の炎ときえし古酒かな

エッセー

封印

長谷川 櫂

1

昨年（二〇二三）年夏、山梨県境川にある飯田蛇笏、龍太の旧居山廬で句会をしたとき、帰りがけに龍太のご長男秀實さんから茶色の封筒を手渡された。「父の本棚の蔵書は文学館（山梨県立文学館）に送っているのですが、これは櫂さんにお返ししたほうがよい」と封筒の口からちょっとのぞいた本を見れば、三十年前に出した合本句集『古志・天球』（一九九五年）である。「父が句に印をつけています。付箋もあって、この句には○がつけてあります」。恐る恐るいただいて帰ったものの、茶封筒から出してみることなく本棚に立てたまま何か月かが過ぎた。

龍太には最初の句集『古志』（一九八五年）の帯文をいただいた。三十代になったばかりのころのことである。門下でもなく一度しかお会いしたこともなく、これからどうなるかわからない若者の句集である。

その帯文は淡青の紙に白抜きで印刷してある。途中「自然が教えてくれるものを信じることが作句の醍醐味と確信しているように思われる」とあって、

春の水とは濡れてゐるみづのこと

涼しさや花橘を皿の上

大雪の岸ともりたる信濃川
雪解風鉢に揺らるる何何ぞ
表より日のさす冬の葭簀かな

この五句を引き「それぞれ見事な作品である。かつまた、それぞれに風味を異にした作品である。これから、このうちのどの方向に眼差しをむけ、どのように深めていくのだろう。私は氏の行方から、目を離さないつもりである」とある。

龍太は何を思っていたのだろうか。当時の私に推し量る力はなく、今も定かにはわからない。ただ「私は氏の行方から、目を離さないつもりである」という最後の一文は三十そこそこの若者にもその重みが伝わった。

秀實さんから封筒を渡されたとき、まず頭をよぎったのはこの言葉だった。句につけられた印は『古志』以後十年の私の「行方」を見極めるためのものだろう。果たして帯文に記された期待に応えるものだったか、裏切るものだったか。どちらであっても今となっては取り返しようがない。本を開くのは恐るべき試練と思えた。

本棚に立てた封筒を見ながら、それまでいろいろと理由をつけて回避してきた自選句集を思い立ったのはそんなときである。早速、朔出版の鈴木忍さんに電話をかけ、出版のめどが立ち、自選を済ませてからやっと『古志・天球』を封筒から出して開くことができたのは今年（二〇二四年）に入って二月一日、今日のことである。
句の上に印と付箋の付いた句をすべて記しておきたい。

『古志』（一九八五年）

春の水とは濡れてゐるみづのこと　（句の上に鉛筆で斜線、以下斜線）
まつすぐに香烟のぼる冬座敷　（斜線）
灯すや眠りたまはぬ雛の顔　（斜線）
邯鄲の冷たき脚を思ふべし　（斜線）

『天球』（一九九二年）

木枯や布に包める硝子切　（斜線、朱の付箋、以下付箋）
雪晴やタオルに包む赤ん坊　（斜線、付箋）
鹿苑の月の光の木の芽かな　（斜線、付箋）
だぶだぶの皮のなかなる蟇　（斜線、付箋）
すきまから入る秋の日や映画館　（斜線）
地の底に靴音とどく氷かな　（斜線、付箋）
筍の露のつまれる頭かな　（斜線、付箋）

昼顔や川ひろがりて京の果　（斜線、付箋）
月明の冷たき石に蝸牛　（斜線）
日の暮の金沢に入る刈田道　（斜線、付箋）
あかあかと麴のいのち冬隣　（斜線）
音楽の洩るる靴や冬木立　（斜線）
大榾の火の香の嫗眠りをり　（斜線、付箋に鉛筆で○）

帯文の龍太選の句とも自選句集の句とも重なる句がある一方で、重ならない句もある。句の上の斜線は左下から右上へさっと切り上げるように鉛筆の鋭い線が走っている。付箋はみな先が朱色だが、太いものと細いものがある。この斜線、二種類の付箋、○印それぞれにその日の（あるいはその夜の）龍太の心境を思いやりながら読むのは恐れたとおり重い手応えがある。

2

自選句集の自選が遅れたのには理由がある。
今年一月から毎月第一木曜日、郷里の熊本日日新聞でエッセイ「故郷の肖像」の連載がはじまった。最初の四回は同郷の正木ゆう子さんとの往復書簡である。

熊本県は肥後の国という一つの国（地域）と思われているが、じつは北半分は阿蘇山の伏流水の潤す泉の国、南半分は不知火海（八代海）を真ん中に抱きかかえる海の国である。この阿蘇国と不知火国は土地の風土も人々の気風も少しずつ異なる。エッセイではまずそのことをつまびらかにしてゆこうと思っている。ちなみに正木さんは阿蘇国の人、私は不知火国の人ということになる。

私は不知火国（宇城市小川町）に生まれ、阿蘇国の首都熊本市にある高校に通い、東京の大学に進んだので郷里で暮らしたのはわずか十八年。その後、代々の製糸会社を継がず読売新聞の記者となり、新潟市、神奈川県藤沢市と移り住んで今に至る。この間、郷里の熊本とはずっと距離をとってきた。

雲の峰故郷の空に収まらず　『沖縄』
故郷といふ幻想へ帰省かな　『九月』
母の日や母を忘るること久し　『太陽の門』

などと最近までずっと不義理を働いてきた。

父母に愛されしこと柏餅　『新年』

「往復書簡」第一信で正木さんが取り上げていたこの句のとおり、両親や家族には深く愛された。新潟での新米記者時代、大型トラックと正面衝突して死にかけたとき、熊本から福岡までタクシーを走らせ、空港から飛行機を乗り継いで枕元に駆けつけてくれたのは父だった。にもかかわらず四十代半ばで新聞社を辞めた直後、父が危篤に陥ったとき、江ノ島での句会を理由に帰郷が遅れ、死に目に会えなかった。愚かな者は深く愛されるほど肉親の愛情を疎ましく思うものである。

　しかしどんな仕打ちをされようが健気にその豊かな胸に抱きしめる。故郷とはそんな愛(かな)しいものであるようだ。熊日の「故郷の肖像」の連載は疎遠にしてきた熊本について思い巡らす絶好の機会であるし、故郷と和解する最後の機会になるのではないか。

　熊日の連載のほかにも読売新聞に毎日書いている詩歌コラム「四季」が今年四月で二十年になる。春には記念特集の対談はじめ講演会や展示会が計画されている。その前に片づけるべきことがいくつかあった。

　去年のうちに終えるはずの自選句集の選句は「故郷の肖像」と「四季」記念行事の準備に追われて年を越えてしまった。能登半島地震や羽田での日航機炎上事件でただならぬ三が日に十七冊の句集を二度三度と読み返すうち、次の五つの時代の輪郭がおぼろげに浮かんできた。

平井照敏時代

①『古志』　一九八五年　『俳句の宇宙』一九八九年

飴山實時代

②『天球』　一九九二年　『俳句的生活』二〇〇四年
③『果実』　一九九六年
④『蓬萊』　二〇〇〇年

古志主宰時代

⑤『虚空』　二〇〇二年
　旅の句集1『松島』　二〇〇五年
⑥『初雁』　二〇〇六年　『古池に蛙は飛びこんだか』二〇〇五年
⑦『新年』　二〇〇九年
　旅の句集2『富士』　二〇〇九年　『和の思想』二〇〇九年
⑧『鶯』　二〇一一年

人間諷詠の時代

⑨『震災句集』　二〇一二年
旅の句集3『唐津』　二〇一二年
⑩『柏餅』　二〇一三年
旅の句集4『吉野』　二〇一四年
⑪『沖縄』　二〇一五年

現在

⑫『九月』　二〇一八年　『俳句の誕生』二〇一八年
⑬『太陽の門』　二〇二一年　『俳句と人間』二〇二二年

ゴシック表記は日常詠をまとめた句集である。このうち『古志』にはじまって転機となったのは『天球』『虚空』『震災句集』『九月』である。「旅の句集」と書いた『松島』『富士』『唐津』『吉野』の四冊は旅先の句をまとめたもので日常詠とは別の流れに属する。下段にはその時期の考え方を書いた俳論・エッセイ集を記した。私の場合、文章は俳句に遅れる。ある考えに従って俳句を作ることはまずなく、いつも俳句を作りながら気づいたことを文章にするからである。

五つの時代についてみてゆこう。

まず『古志』は平井照敏の主宰誌「槇」で学んだ主に二十代の句をまとめた句集である。大半は雪国新潟とくに西脇順三郎の故郷小千谷での句である。『古志』という句集名も越の国新潟をさしている。

どの言葉も、ものの姿を写す描写と心の動きを表す表現という二つの働きをもつ。この二つが調和してこそ詩も俳句も生まれる。平井は加藤楸邨門下の俳人だが、それ以前に詩人だった。フランスの詩とくにエリュアール（一八九五—一九五二）の研究家でもあった。平井から学んだのは、和歌の時代から芭蕉を経て近代の楸邨へと脈々と伝わる「俳句で心をどう表現するか」という問題意識と文章を書くときの基本的な心得だった。

私の俳句の方向を決めたのはこの時代だった。『古志』の平井による「序」、それにつづく平井著『現代の俳句』（講談社学術文庫）のあとがき「現代俳句の行方」を読んでもらえば納得いただけるのではないか。ちなみに『古志』の「序」は私が平井を離れる直前、「現代俳句の行方」は離れた直後に書かれた。何と幸福な時代であったことか。

この時代の一句をあげておく。

冬深し柱の中の濤の音　　『古志』

次に飴山實時代、句集でいえば『天球』『果実』『蓬萊』にあたる。

平井時代から飴山時代へ移る間、大木あまり、千葉皓史、のちに中田剛とともに同人誌「夏至」に参加していた。当時の俳壇は一方に飯田龍太、森澄雄、もう一方に金子兜太がいて、それぞれの俳句世界を存分に展開させていた。われわれの世代では、一方に夏石番矢がいた時代である。

「夏至」解散後、大岡信の助言もあって飴山實に師事した。飴山は石川県小松の生まれ、加藤楸邨門の安東次男に兄事していた。つまり平井と同じく楸邨の流れを汲む人である。酢を専門とする醸造学の世界的権威だった。

ただ師事するといっても飴山は独立独歩の人。主宰誌も句会ももたず遠い山口に住んでいる。それまで一度も会ったこともなく作品だけ知っていた。ときどき原稿用紙に句稿をまとめて選を仰ぐことになった。返ってきた原稿用紙を開くと、ところどころにレ印があり、まれに〇印がある。「てにをは」の直し以外、一言二言挨拶はあるもののコメントは一切なし。飴山を中心にしてはじまった京都句会でお会いするときに理由を尋ねても、あの温顔で微笑むばかり。自分で考えなさいということである。

あるとき、

穴子裂いて大吟醸を冷やしある

という句が、

穴子裂く大吟醸は冷やしあり　『果実』

と直してあった。使ってある言葉も意味もほとんど同じ。それをなぜこういうふうに直すのか。以下、『俳句的生活』のさわりの引用である。

そのとき、私はたとえ納得がゆかなくても理解できなくても飴山實という俳人をすべて受け容れようと思った。それが習うということである。違和感を盾にしていちいち拒絶していたのでは何も変わらない。それでは習うことにはならない。ならば、自分を捨てて飴山實になってしまおうと思ったのである。（中略）

たしかに自分を捨てるということは不安なことである。捨てたあと、どうなるか。無明の闇に沈んだまま二度と浮んでこないかもしれない。飴山實に呑みこまれたままで終わってしまうことだってあるだろう。後ろをみれば虚子に呑みこまれた人、誰それに呑みこまれた人が山ほどいる。

それを思えば、自分を捨てるには多少の思い切りがいるかもしれない。しかし、捨てたくらいでなくなってしまう自分などもともと大した自分ではないのである。所詮、それだけのものでしかなかったと諦めればよい。

（『俳句的生活』第八章　習う）

今みれば二句の優劣は歴然としている。それが三十年前はまったくみえなかった。ここからわかるのは、いかに鈍かろうと人間一つのことに地道に励んでいれば、長い歳月のうちには少しは進歩するらしいこと。

もっと重要なことは、言葉には辞書に書いている意味だけでなく辞書には書かれてない風味ともいうべきものがあること。俳句は言葉の意味を連ねて説明するより、言葉の風味を醸し出す文学であるらしい。「穴子裂いて」と「穴子裂く」、「大吟醸を」と「大吟醸は」、「冷やしある」と「冷やしあり」。それぞれ言葉の意味は変わらなくとも言葉の風味は大いに異なる。

もしこの違いがわからなければ俳句をやる資質を問われるだろう。これがわかるようになるには俳句の方法、言葉の技術をあれこれ企むより、じっくりと人間を磨くことこそ大事というものである。これが飴山の俳句の思想だった。

二〇〇〇年三月、飴山が死去、否応なく俳句結社「古志」主宰として独立することになった。こうして選句も推敲も自力で編んだ『虚空』は飴山、祖母、父、岳父の追悼句集となった。ただ『虚空』も、それにつづく『初雁』『新年』『鷲』も、言葉の風味の追求という点では明らかに飴山時代の展開である。「古志」は一九九三年創刊、『鷲』刊行の二〇一一年に三十一歳の大谷弘至に主宰を譲った。

さて、どの句を選ぶべきか。

春の月大阪のこと京のこと　『虚空』

飴山實とその京都句会を懐かしむ句である。

この時代について書いておくべきことは二〇〇〇年七月、二十二年勤めた読売新聞を退社、独立したことである。その年十月、朝日俳壇の選者になった。毎週金曜日、築地の朝日新聞の一室で金子兜太、稲畑汀子、川崎展宏とともに一万枚を軽く超えるハガキ投句の選をし、雑談をし、お昼を食べた。毎週訪れるこの時間がいかに楽しく、いかに豊かな時間だったか。もはや帰らざる日々になってしまった。二〇〇四年四月からは読売新聞で「四季」の連載がはじまった。二十世紀が終わり、二十一世紀がはじまった。

3

二〇一一年三月十一日金曜日、朝日俳壇の選句を終えて有楽町駅で帰りの電車を待っていると、湾曲した長いプラットホームが大蛇のようにうねりだした。交通網が遮断されてしまったので帰宅を諦め、青山の長男のマンションまで歩き、一泊した。直後に『震災歌集』を出版した。

東日本大震災は俳句についての私の考え方を大きく変えた。それが形になったのが『震災歌集』と一年後の『震災句集』である。まず『震災歌集』から引いておきたい。

人々の嘆きみちみつるみちのくを心してゆけ桜前線

被災せし老婆の口をもれいづる「ご迷惑おかけして申しわけありません」

かりそめに死者二万人などといふなかれ親あり子ありはらからあるを

原子炉に放水にゆく消防士その妻の言葉「あなたを信じてゐます」

かかるときかかる首相をいただきてかかる目に遭ふ日本の不幸

次に『震災句集』から。

正 月 の 来 る 道 の あ る 渚 か な

幾 万 の 雛 わ だ つ み を 漂 へ る

いくたびも揺るる大地に田植かな

怖ろしきものを見てゐる兎の目

からからと鬼の笑へる寒さかな

東日本大震災を経験して学んだことは詩歌の基本的姿勢である。まず俳句は日常生活や自然現象に留まらず、天災も戦争もこの世で起こるすべてが詠めなくてはいけない。俳句は老人の慰みではなく、大人の逃避の場でも若者の暇つぶしの玩具でもない。俳句はもっと世界に向かって開かれた文学なのだ。この道をさらに進んでゆけば、一人の人間が人生で経験する幸福も悲惨も何もかも悠々と俳句にする人間諷詠の世界へ辿り着くだろう。

そのためには自分にかぎらず人々の思い、ことに天災や戦争で無念の死を強いられる人々、無言のまま死んでいった人々の思いを代弁（代作）することが詩歌の最初の仕事なのではないか。考えてみれば、歳時記の項目に並ぶ花も月も雪もみな言葉をもたない。無念の死者と同じである。花や月や雪を詠むということは、花や月や雪の思いを代弁することではないのか。代弁こそ詩歌の本質という問題については『俳句の誕生』（二〇一八年）に書いた。

東日本大震災は私の俳句の視野を否応なく拡大した。『柏餅』と『沖縄』は大震災後の俳句の世界で生まれた。一句引いておく。

大空はきのふの虹を記憶せず　『柏餅』

その後の『九月』と『太陽の門』もこの延長上にあるが、あえて時代を別にしたのは言葉についての考え方に多少変化がみられるからである。

『一億人の俳句入門』(二〇〇五年)、次いで『一億人の「切れ」入門』(二〇一二年)で俳句の基本的構造として「一物仕立て」と「取り合わせ」の二つがあることを書いた。これは初心者には役立つ知識ではあるが、最終的には「一物仕立て」と「取り合わせ」は渾然一体となってゆくものではないか。この問題を初めて自覚的に試行錯誤したのは『新古今和歌集』の歌人藤原定家、藤原良経たちだった。八百年も昔、鎌倉時代初めのことである。

この新古今の歌人たちの実験が言葉と言葉を切り離す「切れ」あるいは言葉と言葉をつなぐ「結び」として俳諧に流れこんで今日までつづいている。この問題にも『俳句の誕生』で触れた。その例として一句あげると、

ヴァレリーは白き牡丹の花ならむ　『九月』

ポール・ヴァレリー(一八七一―一九四五)はフランスの詩人。この句はヴァレリーは白い牡丹であると断じる一物仕立てにみえるが、ヴァレリーと白い牡丹の取り合わせでもある。取り合わせを一物仕立てにしたといってもいい。ここでこの二つのどちらかに決めることはできない。このまま楽しむのがいい。

不思議なことに、この言葉の切り結びは巡り巡って飴山に学んだ言葉の風味の追求に関わってくる。あの大吟醸の句、原句の「穴子裂いて大吟醸を冷やしある」は一物仕立

てだが、これを飴山の推敲どおり「穴子裂く大吟醸は冷やしあり」とすれば取り合わせなのだ。ここで一物仕立てか取り合わせかを論じてみても意味がない。

千年をまた一つより始めけり　『虚空』

二〇〇一年正月にこの句を詠んでから四半世紀が経とうとしているが、その年の秋、アメリカでの同時多発テロによるツインタワービルの崩壊にはじまった二十一世紀は支柱を失った混迷の時代のようだ。時代と連動するかのように俳句も今世紀に入って大きな柱を次々に失った。龍太（二〇〇七年没）が逝き、澄雄（二〇一〇年没）が逝き、そして兜太（二〇一八年没）も逝ってしまった。思えば飯田秀實さんからいただいた、龍太の印のついた『古志・天球』は過ぎ去った時代からの贈り物だった。

『古志』の帯文に「これから、このうちのどの方向に眼差しをむけ、どのように深めていくのだろう。私は氏の行方から、目を離さないつもりである」と書いた龍太はその後の私の俳句にどんな印をつけるだろうか。知りたいと思うものの、それを知るのはまさに恐ろしいことである。

長谷川櫂論

黒い獣と花

青木亮人

大学院生の頃に戦後から平成期に至る俳句史を調べようと古書店に通っていた時、夕方の店内で「毎日グラフ」別冊の俳句特集号を見かけたことがあった。日本経済が絶頂に達した一九八九年の発行で、誌面を彩る各社広告はいずれも豪華であり、「俳句は楽し」と題された座談会等が掲載されている。その座談会ではかつて社会性俳句を牽引した金子兜太や沢木欣一らの他、コスモ石油社長や電通社長、女優等が席を囲んで俳句の楽しさを語り合っていた。往時の反逆児だった歴戦の俳人たちから句作の要点を聞く社会的名士の表情は、豊かな生活に浸りつつ余裕をもって人生を楽しむといった風があり、誌面にはバブル経済期の華やかな気配が漂うかのようだった。

「毎日グラフ」の頁をさらに繰ると、「精鋭18人」と題された若手俳人の紹介欄があり、顔写真や代表句、小文が掲げられている。冒頭の俳人に何気なく目を落とすと、次の文章が綴られていることに少なからず驚いた。

小さいころから一頭の黒い獣を飼っている。初めて見たとき、まだ猫くらいの大きさだった。こわそうにしていると、その生きものは近づいてきて、「こわがらなくていい。私はおまえのものだ」と言った。その次に見たとき、大きな犬くらいだった。(略)それから、もっと時間がたって、私がおとなになると、その黒い獣は、たびたび私の前にあらわれて、私が大事に育てたものを、こわすようになった。家族や仕事や友情を踏み荒し、私の書くものに唾を吐きかけた。
私は怒り、泣いた。しかし、私の最良の句は、どれも、この獣のおかげでできたものであることも知っている。その秘密が、初めのうちは、よくわからなかったのだ。こんど現われたら、その黒い生きものに、こう言おうと思う。「私はおまえのものだ」と。これには勇気がいる。

（引用は筆者により適宜改行、以下同）

著者は長谷川櫂氏で、〈**冬深し柱の中の濤の音**〉（『古志』／本書所収、以下同）〈**夏の闇鶴を抱へてゆくごとく**〉（句集未収録）が掲げられている。両句から受ける印象と文章の感触は異なっており、しかも句と文が共鳴しあっていることに驚いたのだ。

写真に写る氏の表情は厳しく、鋭い眼光を放っている。それは何物かを希求するような、あるいは重みに耐えるような気配が漂っており、雑誌の一九八〇年代的な雰囲気と相容れないものが感じられた。「黒い獣」を抱えた表現者として、氏はいかなる道程を歩んだ俳人なのだろうと感じながら、私は夕暮れの古書店でその頁を見続けていた。

長谷川氏の句業は五十年余りに及んでおり、その人生や俳句上の遍歴、何より作品の特徴や変遷を論じることは一冊の本を仕上げるに等しい。そのため、小論では氏の俳句観のありようをいくつかの点に絞ってまとめてみたい。

一・手縫いの俳句観、史観

氏は人間探求派とされた加藤楸邨や中村草田男、石田波郷等に早くから惹かれていたという。同時に、近現代俳句が前提とした価値観を鵜呑みにせず、自らの手で相対化しつつ俳句観を確立させようとした俳人でもあり、それは二十代にすでに現れつつあった。例えば、「俳句研究」一九八二年七月号の鈴木六林男論を見てみよう。

長谷川氏は、陸軍兵だった六林男の〈**追撃兵向日葵の影を越え斃れ**〉（『荒天』）等を論じる中で次のような一節を述べる。「人間を孤絶させたのは他ならぬ言葉ではないのか。ヒトは言葉を知り人間となった時から、自己を見、自分を押し包む無が見えるようになったのではないのか。言葉を『生の存在証明』としなければならないような人間の孤独な状況は、実は言葉自体によって呼び寄せられたのではないか」（「淋しき通行人」）。人間に「無」と「孤独」の認識をもたらしたのは「言葉」とした上で、氏は〈**天上も淋しからんに燕子花　六林男**〉（『国境』）を次のように解する。「この句は、俳句という形式を彼の中で再確認することの出来た作品である。戦後という長い歳月が過ぎ、その間、多くの意欲的な仕事をしたにもかかわらず、六林男と現実の距離は、もとのまま残るべくして残った。この句の『淋しさ』は、その距離の淋しさである」。

六林男句の意味を戦争体験云々に求めず、「言葉」のもたらす「淋しさ」を俳句形式が図らずも定着させた句と見なしたのである。通常の六林男論では、彼の軍隊経験や伝統俳句批判に句の意義を求めがちだったが、長谷川氏は六林男句に「言葉」と「俳句という形式」の恩寵を看て取ったのだ。戦後俳句は作者たる「私」の人間らしい境涯や自意識、また社会との葛藤や主張を重視する傾向にあったが、氏は二十代の時点で戦後的な俳句観を安易に信じるのではなく、「私」の意図や実感を超えた一句を出現させる恩寵として「言葉」や俳句形式を捉えていたことがうかがえる。

「言葉」と「形式」でいえば、長谷川氏は「俳句研究」一九八六年八月号に掲載の「写生の可能性」で次のような指摘をしている。句集未収録の〈**禁欲のうつくしくなる芹の丈**〉と〈**折りて来し椿とりだす麻袋**〉(『古志』)を比較しつつ、「禁欲の」句は「自分の中の想念を言葉にしただけ」で、自身にとって「解決済み」ゆえに句集収録を見送った。しかし、「折りて来し」句は驚くほど唐突に出来たために何者かが手を貸した印象があり、自身でも判断のつかない「未解決」の句ゆえに収録したというのである。

この体験を元に氏はこうに述べる。「『写生』というと、とかく物の外形の描写とだけ考えられがちであるけれども、(略)頭の中に凝り固まっている表現意識を消すことにある」。「写生」とは予想外の出来事に遭遇することで作者の自意識や先入観に亀裂が入った結果、一句に奇妙な臨場感や質感が「未解決」のまま宿る事態を指し、これは波多野爽波等から示唆を得た独特の「写生」観であった。爽波らは作者の意図や理念に沿った戦後的な作句と「写生」を異質と捉えており、長谷川氏も「私」という自意識から脱却する契機を「写生」に看たのである。こうした氏にとって「凝り固まっている表現意識」は作品の妨げとなり、「俳句」二〇〇三年一月号の座談会では次の発言が見られる。「言葉がいちばん生きるように作りたい。個性という言葉がいやなのは、作者が前に出てしまいますね。そうではなくて、作者よりも言葉が生きている句が自分としては欲しいんです」「俳句が迷惑するんだよ、自分が出しゃばっている俳句って。その人の詠もうとしている世界と読者との間に、その人が立ちはだかって邪魔なんです」。

かような俳句観とともに氏の作を振り返ると、例えば〈**ひとつづつ冷たく重く蚕かな**〉（『天球』）も「言葉が生きている句」と捉えうるだろう。実家は明治期から四代続く製糸工場を営んでおり、氏は長男として生まれている。戦後は安価な海外産に対抗しえず、父の代で閉じることとなり家業を継ぐことはなかった。その長谷川氏にとって、「蚕」が様々な感慨を抱かせる措辞であろうことは想像に難くない。同時に、作家の実人生を作品に持ちこんでも「冷たく重く」の質感を説明しえないのも事実である。「重く冷たく」や「冷たく重き」でもなく、「冷たく重く」であるのは、「重く」が湛える生命の質感をより強調することに加え、「冷たく重く／蚕かな」と「切れ」をもたらすために他なるまい。中七の「切れ」によって生じた「間」には無言の感慨が充満しており、芭蕉の〈**石山の石より白し秋の風**〉のように「一物仕立てなのに取り合わせの句のように句中の切れがある」（『古池に蛙は飛びこんだか』二〇〇五年）構造といえよう。

こうした「間」の質感は、作者の境涯云々と別の地点で成立しているために「言葉が生きている句」となり、しかも氏が製糸工場の長男に生まれたという面影を排除してもいない。それゆえに「ひとつづつ」句は多層的な質感を湛えた作品たりえている。

無論、それは俳句が人間界から孤絶した言語芸術というわけではない。氏が初期から惹かれたのは人間探求派とされた俳人たちであり、大学卒業後に入会した結社は平井照敏（楸邨主宰の「寒雷」出身）の「槇」である。長谷川氏は、師の平井に次のような基礎を学んだという。「俳人の交わりは作品を第一とし、それ以外のところで馴れ合わぬこと。（略）そして、俳句は技術や方法の前にその人の心の力が重要であることを教わった」（『海と竪琴』二〇一〇年）。「槇」で励む氏は、作者の自意識や実感以上に「言葉」や俳句形式の力に敏感でありつつ、「人の心の力」も重視するようになり、結果として同時代俳人の中でも独自の認識を育むことになった。

この俳句観には、〈**おぼろ夜のかたまりとしてものおほふ**〉（『吹越』）等の楸邨や、〈**霜の墓抱き起こされしとき見たり**〉（『惜命』）の波郷、また、〈**一月の川一月の谷の中**〉（『春の道』）の飯田龍太に惹かれたという影響もあろう。彼らは「言葉」と俳句形式のみが得られる表現を出現させつつ、作者の自意識云々を超えた「人の心」を喚起させており、それも近現代俳句で一般的に信じられる「写生」——作中主体が瞬時に一望しうる風景を描写し、読者に「今＝ここ」の出来事として実感させる表現――と異なる発想で詠まれている。その句群に惹かれる氏は「写生」や高濱虚子の凄さを認める一方、近現代俳句を狭い枠組みに押し込めたのは「写生」では、と疑問を抱くようになった。

「子規の心には、俳句をだれにでもわかる新時代の文学にしようという願いがあった。（略）まず、俳句の『場』から『古今集』や『源氏物語』のような、それを読んだ人にしかわからない古典のたぐいを排除しなければならなかった。そして、その代わりに『日常平凡の』『ありふれた』純粋な自然をもってきたのだ。子規は俳句の『場』をだれでも参加できる自然に塗りかえた」（『俳句の宇宙』一九八九年）。「写生」は俳句独特の「場」や「言葉」の自律性を希薄にして大衆化を促した結果、安易な自己主張や自意識の誇示に充ちた句を激増させたというのである。氏はそれらの「凝り固まった表現意識」から脱却してさらなる高みを目指し、近現代的な俳句観の相対化を試み始める。

その結果、氏が選んだのは飴山實（安東次男に兄事、微生物学者）への師事に加え、古典詩歌に学ぶという道であった。ある時、雑誌で見かけた飴山の〈**雨足のしろがねなせる苗はこび**〉（『次の花』）等に驚嘆し、次のように感じたという。「簡潔をきわめながら広々とした世界を包含している。句を読むとやがて句の背後に世界がゆっくりと立ち上がってくる」（『俳句的生活』二〇〇四年）。飴山は結社を持たないため、私淑する形で指導を乞うことになった。

同時に、長谷川氏は江戸期の蕉門俳諧や中世の能楽、また古今集や新古今集といった勅撰集から万葉集に至る古典詩歌に分け入り、「写生」と異なる俳句の「場」を探ろうとする。「詩歌を作るということは、詩歌の作者が作者自身を離れて詩歌の主体になりきることである。（略）我を忘れてぽーっとすること、ほうとすることだ。それを最初にみごとにやってのけたのが柿本人麻呂だった。（略）詩歌の作者は自分の作品を作っていると思っているが、あれは自分で自分の代作をしているのだ」（『俳句の誕生』二〇一八年）。この「ぽーっとする」気配は、〈**揺りゆれて花揺りこぼす桜かな**〉（『松島』）等の時空間の広がりを感じさせる句群にうかがうこともできよう。

氏によると、「我を忘れてぽーっとする」先には「宇宙」が拓けている。「『自然』は人間の外側をとりまいているものだったが、『宇宙』は人間の外側にあると同時に内側にも見い出されるだろうということだ。（略）自分の外側に見ることのできるものは、自分の内側に感じとることができる」（『俳句の宇宙』）。内部の「心」と外部の「自然」は異質ながらも響きあい、相反しながら溶けあっており、幾重にも共鳴しあった時に〈**淡海といふ大いなる雪間あり**〉（『蓬萊』）等の句形がもたらされるのかもしれない。

この「宇宙」観には、氏が関心を抱き続けた楸邨や波郷、虚子、龍太といった俳人の本質を探究し続けた成果が窺えるとともに、手垢のついた「写生」等を用いず、「宇宙」と自らの言葉で表現した点に面目躍如たるものがある。古典詩歌の森に分け入りながら手縫いの詩歌史観を作り上げ、自前の言葉で俳句観を語ろうとする営為は、近現代俳句の常識をふるい落とし、俳句の可能性を見出す旅程でもあった。

あるいは、こうもいえないだろうか。氏が近現代俳句の先入観に安住することを許さなかったのは、かの「黒い獣」であった、と。

二.「さびしさに堪へたる人」との唱和

氏が近現代俳句の枠組みに収まらず、万葉集以来の詩歌史や日本文化を渉猟するようになったのは飯田龍太の寸言が一因だったのかもしれない。

三十歳の頃、氏は山梨県の山廬（飯田家）で龍太と語らう機会があった。「どういう話の流れだったたか、龍太が、『長谷川君、射程を長くとりなさい。長ければ長いほどいい』と、何気なくいわれたのを今も鮮やかに覚えている。（略）現代俳句ばかり相手にするのではなく遠く古典に目を向けよ。深読みをすれば、現代俳句など俳句のほんの一変相というふうにも聞こえる」（『飯田龍太全集』四巻解説、二〇〇五年）。かような龍太との交誼に加え、師と仰ぐ飴山實や詩人の大岡信等からも示唆を得つつ、氏は「ほんの一変相」に過ぎない現代俳句と異なる俳句観で詠み始めたのである。

その結果、〈**湖の秋日に焼ける蜆採**〉等を収録した第二句集『天球』（一九九二年）からは氏の句業が近現代の尺度で図れないことを吐露する評が目立つようになった。「俳句」同年十月号の『天球』評を見てみよう。「上品で端正すぎるというのが、率直な感想である。句集というのは、やはりその作者の足元の周辺が見えてこそ安心感をもって読める」云々。あるいは、〈湯に立ちて赤子あゆめり山桜〉等を収める第三句集『果実』（一九九六年）は、「長谷川櫂という人間のかけがえのない〈我〉が感じ分けられない」（「俳句」同年十一月号）と評された。これらの評は、氏の句業が戦後俳句や文学の類型的な物差しでは捉えきれないことをかえって浮き彫りにしており、その点で古典的とも評された氏の作風は俳壇で批評性を帯びることになった。

折しも総合誌では俳句人口の隆盛を謳う「結社の時代」特集が誌面を飾り、実作のハウツー記事がもてはやされるなど高度経済成長期の余韻に浸るように俳句趣味が喧伝されていた。浮かれるような喧騒の中、気付けば龍太は父の蛇笏から引き継いだ結社「雲母」を閉じ、また加藤楸邨が長逝する。著名になりつつあった長谷川氏は毀誉褒貶に晒される中、深まる孤愁とともに芭蕉や歌人ら詩歌の古人の面影を訪ね、次のような感慨を抱くようになった。「短い命しか与えられていない人間がそのつかの間の人生で見出した永遠こそが古典の本当の姿」「詩歌は宇宙の闇黒の中で輝き始める星の子どものように孤独な人間の心の奥底で産声をあげる」（『俳句的生活』）。かように古典詩歌の本情を探る氏は、西行の〈さびしさに堪へたる人の又もあれないほりならべん冬の山ざと〉を引き合いにしつつ、次のように吐露するのだった。「いつも仲間と一緒にいて淋しさなど味わう暇もない賑やかな人ではなく、淋しさの味を知り尽くしている人とこそ友だちになりたいというのである。西行の歌は孤独な心から別の孤独な心へ送られる書信であった。（略）短歌の源である相聞は恋の孤独に耐えかねた二つの心の間で交わされた和歌のやりとりであったし、俳句の産屋となった連句は『さびしさに堪へたる人』を主客とする連衆の座で成り立つものであった」（『俳句的生活』）。

かような「さびしさに堪へたる人」としての句のありようを、〈**悲しさの底踏み抜いて昼寝かな**〉（『虚空』）で考えてみよう。

「古志」の藤英樹氏は、掲句を次のように解する。「大きな悲しみに直面したとき、われわれは『悲しみのどん底に突き落とされた』などと表現しますが、掲句は『悲しさの底踏み抜いて』と、悲しみのどん底と思っていたその下にさらに深い悲しみの闇が広がっていたと詠んでいます。掲句が詠まれた二〇〇〇年は作者にとって悲しいことがまとめて襲ってきた年でした。三月に師の飴山實が、四月には祖母が、秋近いころには岳父も亡くなりました。（略）悲報続きの中でも疲れれば眠ってしまうという人間の本能的なあわれがここに表れています」（『長谷川櫂200句鑑賞』二〇一六年）。加えて、藤氏は「昼寝かな」に芭蕉の「かるみ」の精神を看て取り、長谷川氏の次の言を添える。「『かるみ』の発見とは嘆きから笑いへの人生観の転換だった」（『「奥の細道」をよむ』二〇〇七年）。この行き届いた鑑賞に付言すれば、掲句は蕉門で名を馳せた丈草の〈**淋し**

さの底ぬけてふるみぞれかな〉と響きあいつつ、「底踏み抜いて」とおかしみと質感を交えた点に「俳句の『場』」が醸成されている、とも見なしうるのではないか。

確かに二〇〇〇年は、氏にとって忘れがたい一年であった。心の拠りどころとなる近しい人々が次々と身罷ったことに加え、長らく勤めた読売新聞社を退職して先行きの見えない生活へ踏み出した年でもある。それでも日常生活は続き、時には疲れ果てた末に眠気に襲われ、放心したように昼寝することもあろう。こうした心のうつろいを丈草句の面影と重ねつつ解すると、次のようになろうか。

数百年の昔、芭蕉という師を喪ったあなたも「さびしさに堪へたる」日々を過ごしたのでしょうか。仰ぐように憧れ、慕い続けた人が一人、また一人と居なくなるということ。虚空の彼方にいらっしゃるあなたと語りえないのは重々承知ですが、「さびしさに堪へたる」者同士、句を通じて唱和しあうことは許されましょう。あなたが〈淋しさの底ぬけてふるみぞれかな〉と冬の孤心の極みを詠んだのであれば、私の方では「悲しさの底踏み抜いて」とやや力をこめて興を添えつつ、暑い盛りに「悲しみ」の底すらうっかり踏み抜き、放心するように眠りに落ちたと和してみましたが、いかがでしょうか。とはいえ、傍から見れば、つい昼寝をしたという日常の些事に過ぎませんが……。

時空の彼方に佇む古人と「言葉」を通じて唱和しあい、作品同士が心を震わせる「場」としての一句。しかも、かような「場」は氏の個人的な思い出や出来事を拒まず、むしろ渾然一体となりつつ、ペーソスとユーモアに彩られた「かるみ」として昇華されている。それは古人や亡き人々への思慕が虚空にたなびく中、現世に生きる他ない作者や周囲の人々を淡く祝福し、生きることへの微かな肯定の気配すら漂わせていよう。

無論、これらは丈草句の本歌取りという話ではない。近現代俳句が得意とする「私」という主体のまなざしを軸に据えた句作ではなく、「私」の視点を消すことで連句の付句のように丈草句と共鳴しあう「場」を宿した表現と見るべきであり、やはり「写生」や戦後俳句が是とした時空間の感覚と異なる認識の一句といえよう。

三．「かるみ」と「切れ」

先のような「かるみ」は、氏によると次の認識からもたらされたものだった。「人間界は出会いと別れを繰り返す定めない浮き世だが、それは変わるとみえて変わらない宇宙の一現象である。（略）宇宙という大きな視点から生老病死の苦しみに満ちた人間界を眺める。（略）『かるみ』とはまず何よりもこの世の人の死や別れにどう向かい合うかという芭蕉の人生観だった」（『芭蕉の風雅』二〇一五年）。この非情さを帯びた「かるみ」は、氏の句群に一種の照りを帯びさせている。例えば、〈**白山の雪一掻きや蕪鮓**〉（『鶯』）〈**魂の銀となるまで冷し酒**〉（『沖縄』）等が食の季感や旨そうな質感すら喚起させるのは、食という営みが現世に生きる業と愉悦を手繰り寄せるためではないか。

食は和歌が避けた俗事だったこともあり、江戸俳諧は歌の美意識からこぼれ落ちた新鮮な句材として食を率先して詠んできた歴史がある。しかし、氏の句群には俳諧の伝統をあてがうのみでは説明しえない透き通った気品が感じられる。〈**水の色すいと裂いたるさよりかな**〉(『初雁』)といった非情なまでの清澄さは、殺生して食する人間の業から滲み出た「かるみ」によって美しく支えられているかのようだ。

同時に、人間のありようを詠む氏の「言葉」と文体にはえもいわれぬ静けさが漂うことを見逃してはなるまい。〈**花びらのかるさと思ふ団扇かな**〉(『九月』)のように、奇抜な措辞や劇的な出来事を詠まずとも一語一語が息づくように定型に安らい、しかも現世に生きることを微かに興がる実感が宿っている。底光りするように磨かれた措辞は「かるみ」とともに伸びやかに句を支え、それは〈**双六や真白き富士の裾とほる**〉(『富士』)等にも顕著であろう。かくも彫琢された文体を身につけるに至った労力や時間に想いを馳せる時、「俳人の交わりは作品を第一」とし続けた身の処し方がしのばれる。

加えて、氏の文体に着目した時、「かるみ」とともに「切れ」が湛えられていることにも気付くだろう。それは、次のような俳句観を育んだために他ならない。「人間自体が論理的にできておらず、矛盾や破綻や飛躍だらけの愚かな存在だからである。(略)この矛盾や破綻や飛躍を俳句では『切れ』と呼んでいる」(『俳句と人間』)。かような「切れ」は、本書の句群の随所に見られるものだ。詳細は省くが、〈**白桃や海で溺れし話**

せん〉（『吉野』）といった切字に限らず、〈父母に愛されしこと柏餅〉（『新年』）〈土用鰻この世の香りよかりけり〉（『柏餅』）等は無論のこと、〈青空のはるかに夏の墓標たつ〉（『太陽の門』）のような句にも複数の「切れ」が用いられている。「青空の」句における「夏の」で軽く切れた後の「間」には、「戦争」を想わせる一種の哀切さや無念さ、あるいは幽かな慟哭のごとき声のような、それでいて慈しむような風化の明るさや追憶めいた個人的な諦念等がたなびいていよう。同時に、こうした感傷を遮るように「戦争」への生々しい心情を喚起させるのは「墓標たつ」の強い「切れ」によるためであり、本書の句群には多様な「切れ」が織りこまれた場合が少なくない。

これらが幾重にも鳴り響くのは、「切れ」が一句内に「間」をもたらすためであり、氏はその「間」を「異質なもの同士の対立をやわらげ、調和させ、共存させる」（『和の思想』二〇〇九年）俳句の「場」の別名と見なしている。その「間」において「忘れてならないのはみな記憶、忘却、追憶、回想などなど、すべて人の心の動き、意識のあやに深くかかわっている」（『俳句的生活』）点であり、氏は散文に不可能な表現法として「切れ」を重んじるのである。

留意すべきは、氏が「人の心」に思いを馳せる時、それは自身の孤独な「心」に浸るというより、様々な縁で結ばれた過去から現世に至る他者と自らの「心」の響きを思いやる傾向にあった。その他者の群れが急激に膨らみ、「心」の質が変容したのは日本各地をいくたびも襲った大震災であり、そして沖縄への訪問であった。

四．花の華やぎ

氏は一九九五年の阪神淡路大震災を体験した後、「私の俳句が一人で詠むものから人々とともに詠むもの」（『俳句的生活』）へ変貌し始めたという。それは二〇一一年の東日本大震災で決定的になり、氏は非業の死を遂げた膨大な人々の面影に激しく傾斜し、それまで避けてきた死者たちの「心」を率先して詠み始める（かつて氏が「槇」を退会したのは、主宰の平井照敏の句群が死の気配に親しみ始めたためだった）。

大震災の惨状を前に、氏は非情なまでに「作者自身を離れて詩歌の主体になりきる」ことを決意しつつ、『震災句集』（二〇一二年）を上梓した。古代の歌人たちが廃墟と化した宮を悼むために長歌を連ね、あるいは歌枕を紡いで土地を誉め讃えることで地霊を鎮めたように、詩歌史に連なる俳人として「現実の世界を離れて、空白の時空に遊ばなければならない」（『俳句の誕生』）と決心した結果、**〈幾万の雛わだつみを漂へる〉〈迎へ火や海の底ゆく死者の列〉**等を手向けることで亡き人々の「心」とともに慟哭し、唱和しながら夥しい無念の魂を一句の上に祭ろうと祈念したのである。

かような震災句群は当事者性の問題とともに多様な議論を招いたが、そこには氏の柔らかい「心」が影を落としていた側面が考えられよう。二十代で「自分を押し包む無」

〈前述の鈴木六林男論〉の臨在を自覚しつつ、「死ねば肉体だけでなく精神、魂も消滅する」（『俳句と人間』）と信じる他ない氏は、現世で生きている間にすべきこと、やりたいことをやりきることで人生に決着をつけたいと願う俳人に感じられる。それゆえに非業の死を遂げた人々の行き場のない無念さや痛ましさと共鳴し、止むにやまれぬ創作へと駆り立てられたのではないか。氏が〈**初盆や帰る家なき魂幾万**〉（『震災句集』）と詠まずにいられないのは、「帰る家なき魂」の虚ろな絶望と深淵の手触りを触知してしまうためであり、広島に赴けば〈**炎天や死者の点呼のはじまりぬ**〉〈**熱風や眼ひらけば全身火**〉（『太陽の門』）という現実が永劫のように繰り返されていることを目撃してしまう。沖縄では〈**亡骸や口の中まで青芒**〉（『沖縄』）〈**暗闇の目がみな生きて夜の秋**〉（『太陽の門』）といった戦争の記憶が生々しい現在として「心」に性急に迫り、湧き上がる無数の声ならぬ声が創作へ追い立てる……無論、万葉集以来の詩歌人として自覚する氏は、俳句で大地の怒りを和らげ、大いなる鎮魂をもって万物の霊を慰めんとする使命感を抱いていることは想像に難くない。「やまと歌は人の心を種として、よろづの言の葉とぞなれりける」（古今集仮名序）とあるように、俳人たるものあらゆる「人の心」を掬い上げ、非情なまでに表現せねばならぬという覚悟も含まれていようし、かつて大学の法学部から新聞記者の道に進んだという公共社会に対する強い関心も通底音のように響いていよう。

　同時に、氏は非業の死を遂げた人々の「心」が打ち捨てられたままの現状を見捨てるに忍びず、その心優しさゆえに死者の「心」の暗い襞へ分け入り、無媒介で寄り添ってしまう。それも憑依と見紛うほどの憐憫の情や想像力を羽ばたかせてしまうため、むしろ論上では表現者としての非情さを強調して自らを奮い立たせ、季感や「かるみ」を重視する詩歌人たることを言い聞かせるのではないか。氏は、かような意味での柔らかい「心」を持ちあわせた俳人のように感じられる。

かつては死の気配から距離を置き続けたが、数多の災厄や近しい人々の逝去に加え、自身も皮膚癌に冒されるなど死の暗い影を日常的に味わうようになり、『震災句集』以降は表現、内容ともに従来と異なる様相を見せる。特に第十六句集『九月』（二〇一八年）からは「一物仕立て」と「取り合わせ」の融合を意識しつつ、〈**まつしろな春のかたまり兎の子**〉（『九月』）といった句風が顕著になった。江戸期の芭蕉は「発句は只、金を打のべたる様に作すべし」（『旅寝論』）と述べたが、この寸言を長谷川氏は自らの句業の中で咀嚼しつつ、俳句形式が現出させる「宇宙」の妙を追い続けるのである。

しかし、こうした表現の様々な挑戦や奮闘とは別に、国家や社会は相も変わらず迷走を続け、地球上の戦争やテロも終息の見込みはうかがえない。「理想によって手綱をさばかれるはずの経済が、戦後は野放しになってしまった」という戦後日本の崩壊は留まるところを知らず、いつしか自身も「人間であるかぎり安らかな死などない」（『俳句と人間』）ことを諦念とともに受け入れるようになった。

ところで、氏は二〇〇〇年に読売新聞社を辞した後、春になると母堂や家族とともに奈良の吉野へ赴くようになり、また「古志」の人々とも連れ立って観桜句会を催すようになった。谷崎潤一郎の小説や西行の和歌に親しむ氏は櫻花壇（谷崎も宿泊）を定宿とし、家族や連衆とともに山桜を仰ぎつつ、花吹雪に目を細めては西行庵を訪ね、微醺を帯びては郷土料理に舌鼓を打ったものだ。

氏が静かに眺めいる吉野の花は年々華やぎを増すようになった。悲しみや虚しさが心中に降り積もり、行き所のない怒りや煩悶が身を静かに苛み、無念さを湛えた数多の声がいつとはなしに聞こえる日々を過ごす中、春に吉野を訪れるとしみじみと眩しい桃源郷が姿を現す。『九月』に収録された吉野のくだりを見てみよう（一句以外は本書未収録）。

ひとひらの花のかるさの桜菓子
桜菓子うすれつつなほ花のいろ
くつたりと花のぬめりの天女魚かな
吉野雛桜の肌を残しけり
花の精しだれ桜に隠れけり
へうたんの口をあふるる桜かな
花吹雪花の歓びたえだえに

花みちてあたりまばゆき朧かな　（本書収録）

ひさかたの陽光の下、雲海のように花を戴く山桜から吹雪のように花が散りゆく光景は、「定めない浮き世」（『芭蕉の風雅』）の桎梏（しっこく）が強いほど輝くのだろうか。人間界と隔絶した非情の美にひととき「私」を忘れたいと望み、この静けさが永遠に続き、世界を覆ってほしいと祈りじみた叶わぬ願いも抱くが、散りゆく花を見つつ全てはいつか終焉の訪れることを懐かしさとともに反芻し、「浮き世」へ戻らねばならぬことを噛みしめる。山の風に散りゆく花は古人や縁のあった人々を、そして氏の「心」を悼みつつ、人生で見てきた花の面影を次々と脳裏に甦らせ、現世に生きる他ない人間を祝福し続ける。

その華やぎを「言葉」と有季定型で掬い取り、「かるみ」や「切れ」とともに示した氏の「花」には、気付けば寂光をまとう静謐さがうすうすと通っていた。そこには「黒い獣」とともに氏が五十年以上にわたり希求し続けた営為の本質が、つまり「言葉によって失われた永遠の世界を言葉で探る」（『俳句の誕生』）無数の悲しみと喜びが垣間見えてはいないだろうか。

ひとひらの花びらねむる畳かな　　　　擢　　（『唐津』）

（あおき　まこと／近現代俳句研究・愛媛大学教授）

自筆年譜

一九五四年（昭和二十九）　0歳
二月二十日、熊本県の中央部、下益城郡小川町（宇城市）に父慶一、母京子の長男として生まれる。本名、隆喜。父は長谷川製糸工場長（第四代社長）。二年後、妹生まれる。

一九六〇年（昭和三十五）　六歳
四月、小川小学校に入学。

一九六六年（昭和四十一）　十二歳
四月、益南中学校（小川中学校）に入学。三年間、高尾昌男（詩人 高尾九州男）の国語の授業を受けた。チェーホフ、西脇順三郎を読む。

一九六九年（昭和四十四）　十五歳
四月、熊本高校に入学。卒業まで片道二時間かけて汽車（ディーゼル機関車）通学。トーマス・マン、夏目漱石を読む。

一九七二年（昭和四十七）　十八歳
四月、東京大学法学部（文科Ⅰ類）に入学。東大学生俳句会に入会。ポール・ヴァレリー、谷崎潤一郎を読む。

一九七六年（昭和五十一）　二十二歳
四月、東京大学法学部公法学科を卒業。西脇順三郎に共感して就職せず、政治学科、次いで私法学科に学士入学。

平井照敏時代

一九七七年（昭和五十二）　二十三歳
十二月～翌年二月、ニュージーランド旅行。

一九七八年（昭和五十三）　二十四歳
四月、読売新聞社入社、新潟支局赴任。このころ平井照敏主宰「槇」入会。

一九七九年（昭和五十四）　二十五歳
十二月、祖父慶喜死去（七十七歳）。

一九八二年（昭和五十七年）　二十八歳
十月、林田恒子と結婚。
一九八三年（昭和五十八）　二十九歳
七月、読売新聞東京本社に転勤。神奈川県藤沢市鵠沼東に住む。同月、長男 啓示生まれる。命名は平井照敏。
一九八五年（昭和六十）　三十一歳
五月、句集『古志』（牧羊社）、序は平井照敏、帯文は飯田龍太。
一九八六年（昭和六十一）　三十二歳
一月、大岡信と出会う。七月、長女 藍生生まれる。命名は黒田杏子。
一九八七年（昭和六十二）　三十三歳
五月、季刊総合詩歌誌「花神」（花神社）創刊号から「俳句の『場』」連載（一九八九年まで八回）。

飴山實時代

一九八九年（昭和六十四・平成元）　三十五歳
三月、大木あまり、千葉皓史と季刊俳句同人誌「夏至」創刊。のち中田剛が参加。一九九二年、十六号で終刊。十月、「花神」連載の「俳句の『場』」をまとめた俳論集『俳句の宇宙』（花神社、のち二〇一三年、中公文庫）。このころ飴山實に師事。
一九九〇年（平成二）　三十六歳
十二月、『俳句の宇宙』で第十二回サントリー学芸賞受賞。
一九九一年（平成三）　三十七歳
十二月、ソ連崩壊、東西冷戦終結。
一九九二年（平成四）　三十八歳
一月、飴山實の京都句会はじまる。毎月、京都へ通う。四月、句集『天球』（花神社）。
一九九三年（平成五）　三十九歳
十月、俳句結社誌「古志」創刊、主宰。
一九九五年（平成七）　四十一歳
一月、阪神淡路大震災。
一九九六年（平成八）　四十二歳
一月、「サライ」の連載をまとめた『一度は使ってみたい季節の言葉』（小学館、のち一九九八年に続編）。二

月、読売新聞大阪本社に単身赴任。一年間、兵庫県芦屋市に住む。九月、句集『果実』（花神社）。

一九九九年（平成十一）　四十五歳

四月、京都の国際日本文化研究センター（日文研）の共同研究「日本人の時間意識の変遷」（橋本毅彦代表）に参加（翌年三月まで）。

古志主宰時代

二〇〇〇年（平成十二）　四十六歳

三月、飴山實死去（七十三歳）。四月、祖母まる死去（九十二歳）。同月、NHK「五七五紀行」で奈良から那智まで旅し、吉野山の旅館櫻花壇を初めて訪れる。七月、妻、長女とニューヨークに旅行。八月、二十二年四か月勤めた読売新聞社を退職。十月、朝日俳壇選者。十二月、句集『蓬萊』（花神社）。

二〇〇一年（平成十三）　四十七歳

三月、『現代俳句の鑑賞一〇一』（新書館）。四月、東海大学文学部文芸創作学科講師。八月、父慶一死去（七十三歳）。同月、日文研の共同研究をまとめた共著『遅刻の誕生～近代日本における時間意識の形成』（三元社）。

二〇〇二年（平成十四年）　四十八歳

三月、句集『虚空』（花神社）。四月、東海大学文学部文芸創作学科特任教授。十二月、句集『虚空』で第一回中村草田男賞。

二〇〇三年（平成十五）　四十九歳

二月、句集『虚空』で第五十四回読売文学賞。九月、平井照敏死去（七十二歳）。

二〇〇四年（平成十六）　五十歳

一月、『俳句的生活』（中公新書）。三月、静岡県熱海市伊豆山温泉の旅館蓬萊に初めて宿泊。松風の間。以後毎月、宿泊。四月、読売新聞の詩歌コラム「四季」連載はじまる。八月、角川俳句賞選考委員（二〇一二年まで）。**十月、新潟県中越地震。**

二〇〇五年（平成十七）　五十一歳

六月、『古池に蛙は飛びこんだか』（花神社、のち二〇一三年、中公文庫）。同月、読売新聞連載の「四季」をまとめた『四季のうた』第一集（中公新書）、以来毎年刊行。十月、句集『松島』（花神社）。同月、『一億人の俳句入門』（講談社）。十一月、共著『12の現代俳人論』（上・下、角川書店）。

二〇〇六年（平成十八）　五十二歳

九月、句集『初雁』（花神社）。

二〇〇七年（平成十九）　五十三歳

四月、教育テレビ「NHK俳句」選者（二〇〇九年三月まで）。六月、『「奥の細道」をよむ』（ちくま新書）。

二〇〇八年（平成二十）　五十四歳

五月、NPO法人「季語と歳時記の会（きごさい）」発足、代表。インターネット歳時記「きごさい」、山桜百万本植樹計画、きごさい全国小中学生俳句大会。同月、『一億人の季語入門』（角川学芸出版）。十一月、「週刊現代」の連載をまとめた『国民的俳句百選』（講談社）。同月、『長谷川櫂全句集』（花神社）。

二〇〇九年（平成二十一）　五十五歳

一月、句集『新年』（角川書店）。五月、句集『富士』（ふらんす堂）。六月、『和の思想』（中公新書、のち二〇二二年、岩波現代文庫）。同月、韓国仁川市の仁荷大学で講演「俳句はなぜ短いか」、山桜植樹。十二月、『決定版　一億人の俳句入門』（講談社現代新書）。

二〇一〇年（平成二十二）　五十六歳

四月、現代俳人論集『海と竪琴』（花神社）。十月、『句会入門』（講談社現代新書）。同月、「子規の食卓」（「アステイオン」連載）など子規論をまとめた『子規の宇宙』（角川選書）。十二月、『日本人の暦』（筑摩選書）。

二〇一一年（平成二十三）　五十七歳

一月、読売新聞夕刊一面で「海の細道」連載はじまる（二〇一二年一月まで）。同月、大谷弘至氏に「古志」主宰を譲る。**三月、東日本大震災。**四月、『震災歌集』（中央公論新社）。五月、句集『鶯』（角川書店）。

人間諷詠の時代

二〇一二年（平成二十四）　五十八歳

一月、『震災句集』（中央公論新社）。二月、「NHK俳句」のテキスト「名句の切れ」を中心にまとめた『一億人の「切れ」入門』（角川学芸出版）。三月、『海の細道』（中央公論新社）、『花の歳時記』（ちくま新書）、句集『唐津』（花神社）。四月、神奈川近代文学館副館長。

二〇一三年（平成二十五）　五十九歳

二月、大岡信に代わって丸谷才一、岡野弘彦の「歌仙の会」に参加。毎月、東京・赤坂の蕎麦屋三平で歌仙を巻く。三月、蛇笏賞選考委員（二〇二一年まで）。四月、句集『柏餅』（青磁社）。十月、NHK「100分de名著」特別版「松尾芭蕉　おくのほそ道」四回放送。

二〇一四年（平成二十六）　六十歳

四月、句集『吉野』（青磁社）。九月、大岡信研究会（西川敏晴会長）発足。十月、NHK100分de名著ブックス『松尾芭蕉　おくのほそ道』（NHK出版）。

二〇一五年（平成二十七）　六十一歳

九月、句集『沖縄』（青磁社）。十月、『芭蕉の風雅』（筑摩書房）。十月、NHK「課外授業　ようこそ先輩」を母校の小川小学校五年生たちと収録。テーマは「心でとらえた音を俳句に」。

二〇一六年（平成二十八）　六十二歳

一月、NHK「ようこそ先輩」放送。**四月、熊本地震。**母、藤沢市に避難（二〇一八年秋まで）。六月、池澤夏樹編日本文学全集『松尾芭蕉　おくのほそ道／与謝蕪村／小林一茶／とくとく歌仙』（河出書房新社）に「新しい一茶」執筆。八月、『文学部で読む日本国憲法』（ちくまプリマー新書）。

現在

二〇一七年（平成二十九）　六十三歳

四月、大岡信死去（八十六歳）。八月、孫 森岡喜一生まれる。

二〇一八年（平成三十）　六十四歳

三月、『俳句の誕生』（筑摩書房）。五月、句集『沖縄』の英語版『Okinawa』（Red Moon Press）。七月、句集『九月』（青磁社）。同月、右太腿に皮膚癌、慶応義塾大学病院で手術。

二〇一九年（平成三十一・令和元）　六十五歳

八月、孫 森岡昴生まれる。十月、「図書」（岩波書店）

で「隣は何をする人ぞ」連載はじまる（二〇二一年十月まで二十四回）。

二〇二〇年（令和二）　六十六歳

五月、『花の歳時記』の中国語版『四季之花』（人民文学出版社）。

二〇二一年（令和三）　六十七歳

八月、句集『太陽の門』（青磁社）。

二〇二二年（令和四）　六十八歳

一月、「図書」連載の「隣は何をする人ぞ」をまとめた『俳句と人間』（岩波新書）。十月、飯田蛇笏・龍太文学碑第八回碑前祭（山梨県立文学館）で講話「『一月の川一月の谷の中』はなぜすばらしいのか」。

二〇二三年（令和五）　六十九歳

十一月、神奈川文化賞受賞。

二〇二四年（令和六）　七十歳

一月、能登半島地震。同月、アムバルワリア祭（慶應義塾大学アート・センター）シンポジウム「西脇順三郎と『何でも諧謔』の世界」で「諧謔とは何か。古池のほとりで」。同月、熊本日日新聞でエッセイ「故郷の肖像」連載はじまる。プロローグとして第四回まで正木ゆう子と往復書簡。同月、『小林一茶　新しい一茶』（河出文庫古典新訳コレクション）。同月、読売新聞連載「四季」七〇〇〇回を超える。三月、「飯田龍太を語る会」（山梨県笛吹市の境川総合会館）で講演「私を支えた龍太の言葉」。同月、熊本県宇城市の生家、国指定文化財。四月、読売新聞「四季」二十周年記念特集面、パネル展、講演会。同月、『長谷川櫂自選五〇〇句』（朔出版）。

あとがき

人生を俯瞰するには勇気が要る。鳥のように上空から見渡したとき、果たしてどんな姿が現れるか。『自選五〇〇句』を作ることはそんな試練でもあった。じつは自選しながらいくつも収穫があったのだが、この俯瞰図自体の評価は後世の読者に委ねたい。

ただ一つ書き留めておきたいことがある。もちろん今まで決していいことばかりではなく、いろんなことがあるのだが（というか、あるがゆえに?）、なんと幸福な人生だろうかということである。

七十年前の一九五四年二月二十日土曜日の早朝、私は母の実家で生まれた。のちに家族から聞いた話ではその日は大雪。電話で知らせを聞いた父は自転車で何度も転びながら三キロほど離れた母の実家へ急いだのだそうだ。父は二十七歳、母は二十歳だった。

その日、じっさいに大雪だったのかどうかはさほど問題ではない。家から川に沿って国道を越え、鉄道を越えてよろよろとつづく雪の道。この道を黒い自転車に乗って母のもとへ急ぐ若い父。一生のはじまりのこの情景を思い出すたび、その日の雪のように真っ白な幸福感に包まれる。この幸福感ばかりはかけがえがない。

『自選五〇〇句』の解説を書いていただいた青木亮人・愛媛大学教授、装幀をしてくださったデザイナーの水戸部功さん、自選句の照合を手伝ってくれた友人の木下洋子さんと斉藤真知子さん、最後に朔出版社主・鈴木忍さんの愛情ある緻密な仕事に感謝の言葉を記しておきたい。

二〇二四年三月一日

長谷川　櫂

初句索引

＊配列は現代仮名遣いによる五十音順とした。
＊初句が同音同義の句については、中句を「—」の下に示した。
＊同音同義で表記の異なるものについては、（　）内に別表記の字を示した。

【あ行】

【た行】

【な行】

【は行】

【ま行】

【や行】

【ら行】

【わ行】

季語索引

＊季語の配列は現代仮名遣いによる五十音順とした。
＊〔 〕内は収録句集名を示す。

〔古〕＝『古志』　〔初〕＝『初雁』　〔柏〕＝『柏餅』
〔天〕＝『天球』　〔新〕＝『新年』　〔吉〕＝『吉野』
〔果〕＝『果実』　〔富〕＝『富士』　〔沖〕＝『沖縄』
〔蓬〕＝『蓬萊』　〔鶯〕＝『鶯』　〔九〕＝『九月』
〔虚〕＝『虚空』　〔震〕＝『震災句集』　〔太〕＝『太陽の門』
〔松〕＝『松島』　〔唐〕＝『唐津』

【か行】

【さ行】

さみだれの島さみだれの海の上 [沖] 128
さみだれや人体青く発光す [太] 149

寒し（さむし）冬
この家の寒きところに大きな箕 [天] 025
揺り椅子のひとりで揺るる寒さかな [果] 035
からからと鬼の笑へる寒さかな [震] 103

鱵（さより）春
水の色すいと裂いたるさよりかな [初] 070

爽やか（さわやか）秋
爽やかに俳諧に門なかりけり [鶯] 088

残暑（ざんしょ）秋
獣の股間の乳房秋暑かな [天] 028

茂（しげり）夏
名も知らぬ国のごとくに茂りけり [新] 080

獅子舞（ししまい）新年
玉を振る少年に獅子甘えつつ [虚] 058
鼻の穴むんずむんずと獅子頭 [柏] 117

蜆（しじみ）春
半椀はお茶漬にせん蜆飯 [初] 066

滴り（したたり）夏
滴りや一滴きえてまた一滴 [九] 139

枝垂桜（しだれざくら）春
糸ざくら花から花のこぼれけり [松] 062

芍薬（しゃくやく）夏
芍薬をぶつきらぼうに提げて来し [古] 009

蝦蛄（しゃこ）夏
蝦蛄といふ禍々しくて旨きもの [松] 063

秋園（しゅうえん）秋
遠州の造つて捨てし秋の庭 [天] 024

春光（しゅんこう）春
春光の大塊として富士はあり [太] 155

蓴菜（じゅんさい）夏
じゅんさいの沈む日ぐれや壜の底 [古] 012

春愁（しゅんしゅう）春
へうたんの形の春の愁ひあり [唐] 106
春愁の白き怒濤の立ち上がる [九] 146

春塵（しゅんじん）春
億万の春塵となり大仏 [虚] 055
春の塵からくれなゐのまじりけり [虚] 056

春昼（しゅんちゅう）春
春昼の死の手より子を奪ひ取る [天] 029

春灯（しゅんとう）春
春の灯の哀しむごとく停電す [震] 099

春眠（しゅんみん）春
春眠や五つの欲のすこやかに [富] 085

正月（しょうがつ）新年
正月の来る道のある渚かな [震] 098

障子（しょうじ）冬
張りたての強き力の障子かな [天] 025

松露（しょうろ）春

清明（せいめい）春

清明の雨に打たるる桃その他　［柏］114

節分（せつぶん）冬

節分や鬼のかぶれる人の面　［鶯］091

蟬（せみ）夏

はるかなる記憶の蟬の鳴きゐたり　［沖］128

蟬生る（せみうまる）夏

蟬の穴ばかりの国となり果てつ　［沖］131

橇（そり）冬

雪空を駆けめぐるべく橇はあり　［新］078

【た行】

大暑（たいしょ）夏

大仏の煮ゆるがごとき大暑かな　［鶯］094

大雪（たいせつ）冬

古志ふかくこし大雪の雪菜粥　［古］013

鯛焼（たいやき）冬

次の世は二人でやらん鯛焼屋　［九］142

田植（たうえ）夏

田植笠出雲崎への道問はん　［鶯］092

いくたびも揺るる大地に田植かな　［震］101

鷹（たか）冬

鷹消えて破れしままの雪の空　［古］013

筍（たけのこ）夏

筍や夢窓国師の夢の中　［太］149

田作（たづくり）新年

ごまめ嚙むこの世を深く愛すべく　［沖］133

七夕（たなばた）秋

伐り出して七夕竹としたりけり　［果］038

短冊は白ひといろや星の竹　［吉］123

葉をたたみ七夕竹は眠りけり　［吉］123

種浸し（たねひたし）春

人類の手のいくたびも種浸す　［沖］131

千鳥（ちどり）冬

みちのくや氷の闇に鳴く千鳥　［震］104

玉砕の女らはみな千鳥かな　［沖］130

粽（ちまき）夏

粽解く葭の葉ずれの音させて　［果］034

追儺（ついな）冬

灯のいろを踏めば氷や鬼やらひ　［天］032

鬼やらひ手負ひの鬼の恐ろしき　［震］104

月（つき）秋

月光の固まりならん冷し物　［初］068

鶴の間に鶴の遊べる月夜かな　［九］144

襖より鶴歩み出よ月の庭　［九］144

月光の羽さはさはと鶴歩む　［九］144

月光の瀧に打たるる巨人あり　［九］145

霾（つちふる）春

唐土の国のかけらの降りしきる　［初］066

【な行】

網棚にきのふの夏を忘れけり　[九]139
貝がらの一個の夏の美しく　[九]141
一夏で少年となる眩しさよ　[九]141
青空のはるかに夏の墓標たつ　[太]157

夏草（なつくさ）夏
夏草や死はことごとく奪ひ去る　[虚]052
夏草やかつて人間たりし土　[沖]129
夏草といふ夏草の沈黙す　[太]159

夏木立（なつこだち）夏
つかまへて子供を洗ふ夏木立　[天]027

夏野（なつの）夏
忽然と戦闘機ある夏野かな　[沖]128

夏の空（なつのそら）夏
夏空をゑぐりて阿蘇の火口ある　[初]068
夏空の天使ピカリと炸裂す　[太]158

夏の蝶（なつのちょう）夏
深山蝶飛ぶは空気の燃ゆるなり　[古]012

夏深し（なつふかし）夏
黄金の襖に孔雀夏深し　[松]063

夏富士（なつふじ）夏
夏富士や大空高く沈黙す　[太]156

夏帽子（なつぼうし）夏
身ふたつとなりて安けし夏帽子　[果]034

夏めく（なつめく）夏
夏めくやひそかなものに鹿の足　[天]023

夏料理（なつりょうり）夏
運ばるる氷の音の夏料理　[天]024

撫子（なでしこ）秋
撫子を斧もて削るごとくせよ　[初]072

海鼠（なまこ）冬
アラン島へ行かんと思ふ海鼠かな　[沖]132

苦瓜（にがうり）秋
にがにがしきは苦瓜の故ならず　[天]031

煮凝（にこごり）冬
煮凝やわだつみの塵しづもれる　[富]084

虹（にじ）夏
大空はきのふの虹を記憶せず　[柏]120
虹忽と無意識にして美しき　[太]156

猫の子（ねこのこ）春
降ろされて畳こはがる仔猫かな　[果]035
猫の子に生れたるともまだ知らず　[初]071

熱風（ねっぷう）夏
熱風や眼ひらけば全身火　[太]158

野焼く（のやく）春
燎原の野火かとみれば気仙沼　[震]098

【は行】

蝿（はえ）夏
飛びまはる一匹の蝿黙殺す　[鶯]093

山越にほのと鎌倉花火かな　[古] 018

花びら餅（はなびらもち）新年

ひととせの花の初めや花びら餅　[富] 086
幸せになれよと一つ花びら餅　[九] 136
花びらの力ほどけよ花びら餅　[九] 140
青空の冷たさならん花びら餅　[太] 153

花見（はなみ）春

花見舟空に浮かべん吉野かな　[九] 138

破魔弓（はまゆみ）新年

およそ天下に敵ふものなき破魔矢かな　[初] 070

薔薇（ばら）夏

薔薇の力薔薇の莟を押し開く　[柏] 118
香ぐはしき肉体として薔薇はあり　[沖] 133
真白な羽をたたみて薔薇眠る　[九] 138

薔薇の芽（ばらのめ）春

放射能浴びつつ薔薇の芽は動く　[震] 099

春（はる）春

白き山また白き山春の旅　[松] 064
水漬く屍草生す屍春山河　[震] 099
少しづつととのふ春のうれしさよ　[沖] 133
まつしろな春のかたまり兎の子　[九] 140

春惜しむ（はるおしむ）春

ずたずたの心で春を惜しみけり　[震] 100

春風（はるかぜ）春

天上を吹く春風に富士はあり　[富] 082
春風とたたかふ白きヨットあり　[九] 137

春着（はるぎ）新年

うたた寝に誰が掛けくれし春着かな　[初] 073

春の月（はるのつき）春

春の月大輪にして一重なる　[古] 008
春の月大阪のこと京のこと　[虚] 050

春の日（はるのひ）春

曼荼羅の奥にかがやく春日あり　[唐] 111

春の水（はるのみず）春

春の水とは濡れてゐるみづのこと　[古] 008
富士山のどこを切つても春の水　[太] 155

春の雪（はるのゆき）春

地下街も海も混沌春の雪　[古] 014
裏山は籬に囲ふ春の雪　[古] 019
こはだから握つてもらふ春の雪　[初] 070

春の夜（はるのよ）春

春の夜や太鼓のごとく波の音　[吉] 124

春の炉（はるのろ）春

生涯のたけなはにして春の炉に　[柏] 114

春日傘（はるひがさ）春

砂山をおりゆきし春の日傘かな　[古] 015

斑猫（はんみょう）夏

道をしへここまでくればついてこず　[柏] 120

日傘（ひがさ）夏

白日傘その人の名は忘れけり　[柏] 119

人類の冬の思想の深みゆく　［沖］133

冬鷗（ふゆかもめ）冬

花はみな冬の鷗となりて飛ぶ　［富］084

冬木（ふゆき）冬

いつぽんの冬木に待たれゐると思へ　［古］011
大宇宙の沈黙をきく冬木あり　［太］152

冬木立（ふゆこだち）冬

生淡々死又淡々冬木立　［太］154

冬籠（ふゆごもり）冬

我一人幻一人冬ごもり　［初］069
見覚えの蝿虎と冬ごもり　［新］078
幻の犬かたはらに冬ごもり　［鶯］095

冬ざれ（ふゆざれ）冬

冬されや記憶なくせし釦一つ　［太］159

冬の鳥（ふゆのとり）冬

寒禽の嘴をひらきて声のなき　［天］025

冬の波（ふゆのなみ）冬

冬の波退くは鉄鎖の響きかな　［古］013
冬波はみな荒海の娘かな　［沖］132

冬深し（ふゆふかし）冬

冬深し柱の中の濤の音　［古］010
瑞巌寺黄金の冬深みけり　［震］103

蛇（へび）夏

蛇の胸瓢の花を擦りゆきぬ　［天］028

鳳仙花（ほうせんか）秋

みなし子に妻はなりけり鳳仙花　［虚］052

蓬萊（ほうらい）新年

蓬萊や酒は淡海の浪の音　［松］061

榾（ほた）冬

大榾火したたる水のごときかな　［古］012

蛍（ほたる）夏

葉先より指に梳きとる蛍かな　［天］027

牡丹（ぼたん）夏

解けかかる莟がひとつ牡丹苗　［天］023
牡丹の花砕けゐし机かな　［天］029
白牡丹ひらきかかりて暮れてをり　［天］030
牡丹の花大風に飛ばんとす　［初］067
したたかに墨を含める牡丹かな　［初］071
ヴァレリーは白き牡丹の花ならむ　［九］136

【ま行】

舞茸（まいたけ）秋

舞茸にのつて光れる水の玉　［天］031

短夜（みじかよ）夏

月はまだその辺にあり明け急ぐ　［富］083
明易や眠りて花のやうな人　［富］085
月蝕の黒き球体明け急ぐ　［吉］122
まんた泳ぐ太平洋の明易し　［沖］128

水羊羹（みずようかん）夏

【や行】

収録句集一覧

『古志』

一九八五年五月二十五日、牧羊社刊。発行人＝川島壽美子。Ａ５判、並製カバー装、四句組、九五頁。定価一三〇〇円。装丁＝伊藤鑛治。序文＝平井照敏。

〈帯文〉＝飯田龍太

　長谷川櫂氏は、骨惜しみしない文章を書くひとである。他人の目より、いつも自分の目とこころを裏切ってはいけないと考えているように見える。

　俳句の場合は、自然が教えてくれるものを信じることが作句の醍醐味と確信しているように思われる。

　春の水とは濡れてゐるみづのこと
　涼しさや花橘を皿の上
　大雪の岸ともりたる信濃川
　雪解風鉢に揺らるる何何ぞ
　表より日のさす冬の葭簀かな

　それぞれ見事な作品である。かつまた、それぞれに風味を異にした作品である。これから、このうちのどの方向に眼差しをむけ、どのように深めていくのだろう。私は氏の行方から、目を離さないつもりである。

『天球』

一九九二年四月三十日、花神社刊。発行者＝大久保憲一、制作＝福田敏幸。四六判、上製カバー装、二句組、二五六頁。定価二六〇〇円。装丁＝熊谷博人。

〈帯文〉

　長谷川櫂第二句集

　現代俳句の伝統と流行をふまえつつ、〝不易の相〟を自然と季語のなかに力強く言いとめる、清明・端正な作品集。『古志』以降、'80年代後半より'91年までの作品４３９句を精選収録。

『果実』

一九九六年九月十日、花神社刊。発行者＝大久保憲一。四六判、並製カバー装、二句組、二四〇頁。定価二二〇〇円（本体）。装丁＝熊谷博人。

〈帯文〉

　長谷川櫂の俳句は爽やかで楽しい。いつでも〈もの〉を正面から描き、興味の焦点にぐいぐい迫る。――

晴朗で鮮やかな表現力は、常に読者に心地よい、新しい俳句の世界を開いてくれる。

『蓬萊』

二〇〇〇年二月四日、花神社刊。発行者＝大久保憲一。四六判、並製カバー装、二句組、二六〇頁。定価二二〇〇円（本体）。装丁＝熊谷博人。

〈帯句〉

千年の始めの年の若菜粥
淡海といふ大いなる雪間あり
禅僧とならぶ仔猫の昼寝かな
秋風や生き永らへて艪を漕げる
一握の雪を溶かして葛湯かな

『虚空』

二〇〇二年三月二十日、花神社刊。発行者＝大久保憲一。四六判、並製カバー装、二句組、二五六頁。定価二三〇〇円（本体）。装丁＝熊谷博人。

＊本書により第54回読売文学賞受賞。

〈帯文〉

天体も生命も　虚空に遊ぶ塵

『松島』

二〇〇五年十月十日、花神社刊。発行者＝大久保憲一。四六判、並製カバー装、一句組、二一四頁。定価二三〇〇円（本体）。印刻＝熊谷博人。

〈帯文〉

時の彼方へ、空の彼方へ
花の吉野山、芭蕉ゆかりの近江、『おくのほそ道』の松島。はるかな時空を旅する句集。

『初雁』

二〇〇六年九月二十日、花神社刊。発行者＝大久保憲一。四六判、並製カバー装、二句組、三〇〇頁。定価二三〇〇円（本体）。

〈帯文〉

初山河一句を以つて打ち開く
荒ぶる天地——二〇〇二年から二〇〇四年までの俳句を収録。長谷川櫂の第7句集。

『新年』

二〇〇九年一月三十日、角川書店刊。発行者＝井上伸一郎。四六判、上製カバー装、二句組、二四一頁。定

価二六六七円（本体）。装画＝いとう瞳、装丁＝田口良明。

〈帯文〉

眠りゐてときをり山は動くらん

『長谷川櫂全句集』以後の新しい一歩。二〇〇五年から二〇〇七年の句を収録。

『富士』

二〇〇九年五月八日、ふらんす堂刊。発行者＝山岡喜美子。四六判、上製カバー装、一句組、二三二頁。定価二五七一円（本体）。装丁＝君嶋真理子。

『鶯』

二〇一一年五月三十日、角川書店刊。発行者＝井上伸一郎。四六判、上製カバー装、二句組、二六六頁。定価二八五七円（本体）。装丁＝巖谷純介。

〈帯文〉

爽やかに俳諧に門なかりけり

二〇〇八年から二〇一〇年までの句を収めた最新句集。

『震災句集』

二〇一二年一月二十五日、中央公論新社刊。発行者＝小林敬和。四六判、上製カバー装、一句組、一六〇頁。定価一一〇〇円（本体）。装丁＝間村俊一。

〈帯文〉

みちのくの山河慟哭初桜

東日本大震災からまもなく1年。深く傷ついた日本列島を見守り続け、美しい国の回復を希求した魂の125句。

『唐津』

二〇一二年三月二十日、花神社刊。発行者＝大久保憲一。四六判、上製カバー装、一句組、二六八頁。定価二五〇〇円（本体）。装丁＝間村俊一。

〈帯文〉

桃の花ごつと山ある唐津かな

富士、近江、吉野をへて西海の唐津へとたどる旅の句集

『柏餅』

二〇一三年四月五日、青磁社刊。発行者＝永田淳。四六判、上製カバー装、二句組、二四〇頁。定価二七〇〇円（本体）。

〈帯文〉

矢に鏃句に切字ある涼しさよ

二〇一一―二〇一二年、東日本大震災を挟んだこの時期の俳句を収めた最新句集。

『吉野』

二〇一四年四月二十日、青磁社刊。発行者＝永田淳。
文庫判、並製カバー装ビニール付、四句組、二二二頁。
定価一八〇〇円（本体）。

〈帯句〉

この宿の花の朝寝を忘れめや
そののちの我らはしらず桜かな

『沖縄』

二〇一五年九月十六日、青磁社刊。発行者＝永田淳。
文庫判、並製カバー装ビニール付、二句組、一三八頁。
定価一六〇〇円（本体）。装丁＝加藤恒彦。

〈帯句〉

忽然と戦闘機ある夏野かな
人魚らの歌聞きにこよ土用波

『九月』

二〇一八年七月二十四日、青磁社刊。発行者＝永田淳。
文庫判、並製カバー装ビニール付、二句組、二五〇頁。
定価一八〇〇円（本体）。
カバー写真＝鈴木理策、装丁＝加藤恒彦。

〈帯句〉

貝がらの一個の夏の美しく
恐るべき神の双六世界地図

『太陽の門』

二〇二一年八月三十日、青磁社刊。発行者＝永田淳。
四六判変型、上製カバー装、三句組、二一二頁。定価二二〇〇円（本体）。
カバー写真＝鈴木理策、装丁＝加藤恒彦。

〈帯句〉

さまざまの月みてきしがけふの月

長谷川櫂(はせがわかい) 自選(じせん)五〇〇句(く)

2024年4月10日　初版発行

著　者　　長谷川 櫂

発行者　　鈴木　忍

発行所　　株式会社 朔(さく)出版
〒173-0021　東京都板橋区弥生町49-12-501
電話　03-5926-4386　　振替　00140-0-673315
https://saku-pub.com　　E-mail　info@saku-pub.com

本文デザイン　星野絢香（TSTJ）
印刷製本　　中央精版印刷株式会社

ISBN978-4-911090-11-4　C0092　¥2200